geliefd

Cecily von Ziegesar bij Arena:

de
it-girl

geliefd

CECILY VON ZIEGESAR

VERTAALD DOOR
ELLIS POST UITERWEER

ARENA

20. 04. 2009

Oorspronkelijke titel: *Lucky*
© Oorspronkelijke uitgave: 2007 by Alloy Entertainment
© Nederlandse uitgave: Arena Amsterdam, 2008
© Vertaling uit het Engels: Ellis Post Uiterweer
Omslagontwerp: Roald Triebels, Amsterdam
Foto omslag: Getty Images
Typografie: Roald Triebels, Amsterdam
Zetwerk: zetR, Hoogeveen
ISBN 978-90-6974-954-9
NUR 285

Ik heb geboft, en ik zal weer boffen.

Bette Davis

Een Waverly Owl luistert nooit naar roddels

De frisse herfstlucht bij de Waverly Academy had plaatsgemaakt voor de onmiskenbare geur van rook, en dan niet de lekkere geur van smeulende herfstbladeren. Het was de prikkelende, doordringende stank van verbrand hooi. En door die stank moest Jenny Humphrey steeds denken aan de schuur bij de boerderij van Miller, die de avond daarvoor door iemand in de fik was gestoken tijdens het feest van de Cinephiles. Het kon een ongeluk zijn geweest, maar het had ook kunnen zijn aangestoken.

Jenny duwde de zware deur van de kantine open en liep door de enorme ruimte naar de rij. Het was een lange wandeling langs alle tafels met leerlingen, en Jenny deed haar best om naar het zonlicht te kijken dat door de glas-in-loodramen naar binnen stroomde, en niet te luisteren naar het gefluister dat weerkaatste van het hoge, gewelfde plafond. Waverly Owls stonden bekend om hun geroddel, en deze ochtend was er meer om over te roddelen dan gebruikelijk.

Ze legde de zaterdagse pannenkoekjes met appel en kaneel op haar dienblad, en liep vervolgens langs de tafels van donker eikenhout naar de hoek, waar ze Alison Quentin had zien zitten. Alison had glanzend donker haar, en tussen Alison en Sage Francis in zat een klein blond meisje. Jenny keek goed of haar kamergenoot Callie, of Easy, Jenny's ex, niet ook aan deze tafel zaten. Nadat ze Callie en Easy samen in de schuur had gezien, wilde ze niets meer met hen te maken hebben. Als ze daarna niet onverwacht door Julian McCafferty was gezoend, zou ze het ontbijt misschien wel hebben overgeslagen en van school zijn gegaan. Bij de gedachte aan die heel lieve kus kreeg ze vlinders in haar buik.

'Vers vlees,' hoorde ze achter zich iemand zeggen. Ze draaide zich om en zag Celine Colista staan, de andere aanvoerder van het hockeyelftal.

Celine gebaarde naar het kleine blonde meisje tussen Alison en Sage. Toen deed ze water bij haar versgeperste sinaasappelsap en zette het glas op haar dienblad. 'Die komen hier een paar dagen kijken, voor de Open Dagen. Om te zien of ze naar deze school willen.'

'Vers vlees?'

'Nieuwe leerlingen,' legde Celine kortaf uit terwijl ze samen naar de tafel liepen. 'Eventuele brugpiepers.'

Jenny en Celine zetten hun blaadjes neer naast dat van Alison.

Jenny lachte naar de blonde, eventuele brugpieper. Van dichtbij was ze nog kleiner. 'Hoi, ik ben Jenny.'

'Ik ben Chloe.' Het meisje schoof haar Ralph Lauren-bril met het vierkante zwarte montuur hoger op haar neus en knikte naar Jenny.

'Ze loopt mee met Alison,' zei Benny Cunningham, die haar ellebogen op het donkere hout van het tafelblad had gezet. Ze streek haar lange, steile bruine haar uit haar mooie gezichtje. 'Waar kom je vandaan, vers vlees?'

'Uit Putney,' antwoordde Chloe verlegen. Ze plukte een onzichtbaar stofje van haar lichtblauwe kabeltrui van J.Crew. 'Dat ligt in Vermont.'

Met haar bleke huid en grote, onschuldige blauwe ogen leek Chloe sterk op Dakota Fanning. Jenny kon zich niet voorstellen dat iemand lelijk kon doen tegen Dakota Fanning. 'Vermont is erg mooi,' zei ze, in de hoop het meisje op haar gemak te stellen. Jenny wist nog goed hoe het was om nieuw te zijn op het Waverly. Ze wist nog goed dat de oude Jenny, toen ze hier een paar weken geleden was gekomen, geen idee had gehad wat ze moest doen of hoe ze zich moest gedragen. Maar de nieuwe Jenny zat aan tafel met de populairste meisjes, ging naar wilde feesten in brandende schuren, en zoende knappe jongens in het maanlicht. De oude Jenny kon het wel vergeten.

Plotseling galmde er gejuich door de kantine, die wel iets weg had van een kathedraal. Jenny draaide zich om en zag Heath Ferro met zijn armen triomfantelijk omhoog bij een tafel staan. Het zonlicht scheen op zijn warrige blonde haar, en uit zijn mond vlogen kruimeltjes. Blijkbaar had hij net een uitdaging aangenomen en gewonnen. In de kantine werden vaker pogingen gedaan, maar niet iedereen lukte het om binnen een minuut zes zeer droge crackers te eten zonder ook maar één slokje water. Heath deed high fives met een paar van de jongens die erbij waren, ook een paar kleine jongens. Jenny zag dat er overal eventuele brugpiepers aan de tafels zaten, allemaal heel dicht bij hun mentors. Net toeristen die bang zijn hun gids kwijt te raken.

'Heb je het al gehoord?' Sage boog zich voorover, en haar blauwe ogen fonkelden. Vervolgens stroopte ze de mouwen op van haar donkerblauwe Elie Tahari-trui, alsof je van roddelen vieze handen kon krijgen.

'Wat dan?' vroeg Jenny terwijl ze een stuk pannenkoek aan haar vork prikte en ermee door de ahornsiroop ging. Ze had haar lievelingsbroek van Earl aan, met een zwart Gap-coltruitje dat ze al had toen ze nog in groep 8 zat. Ze had zich niet zo perfect gekleed als Sage en Benny, maar dat was alleen maar omdat de meisjes van het Waverly elk excuus aangrepen om een modeshow te houden.

'Ze hebben een aansteker gevonden in de schuur.' Benny

grijnsde er ondeugend bij. Haar tanden waren net zo stralend wit als haar dunne t-shirtje van Vince, waardoor ze eruitzag als een tandpastareclame. Maar gezien de miljoenen waar ze uit kon putten, waren haar tanden waarschijnlijk witter gemaakt bij de tandarts. 'Er staan de initialen van een leerling op, die van Julian McCafferty.'

Jenny legde haar vork neer. Julian?

'Ik heb gehoord dat het jongens van het St. Lucius waren,' zei Celine zacht. Ze streek een lok zwart haar achter haar oor. 'Maar ik heb ook gehoord dat het die ranzige Dan was, de jongen die in de drankwinkel werkt.' Ze voelde met haar tong aan haar voortanden, en kreeg na een poosje de spinazie uit haar omelet weg. 'O, en Simone zei dat het een pyromaan uit de stad was, iemand die niet was toegelaten op het Waverly.'

'Sappige roddels,' reageerde Alison. Ze nam een slokje van haar sinaasappelsap, zich er blijkbaar niets van aantrekkend dat er misschien een afgunstig persoon in Rhinecliff was die het op de leerlingen van het Waverly had gemunt.

'Ik heb gehoord dat er mensen hebben zitten róken in de schuur,' zei Chloe. Ze sneed een stuk van haar wentelteefje af.

'Van wie heb je dat gehoord?' vroeg Jenny zo achteloos mogelijk. De vorige avond had ze Callie de les gelezen omdat Easy en zij in de schuur hadden gerookt, vlak voordat die in vlammen opging. Maar ze wist niet of iemand anders die twee ook had gezien. Callie had gezegd dat Jenny waarschijnlijk de schuur in de fik had gestoken omdat ze jaloers was. Jenny wist dat Callie dat maar uit zelfverdediging had gezegd, maar toch stak het haar. Als iedereen erachter zou komen dat Callie en Easy in de schuur hadden staan paffen, nou, dan zou Jenny echt geen moeite doen om dat gerucht de kop in te drukken. Het zou haar niet spijten als die twee van school zouden worden getrapt. Dat verdienden ze, omdat ze zulke vervelende, op seks beluste stomkoppen waren.

'Ja, en wie waren er aan het paffen?' vroeg Benny terwijl ze Chloe voor de eerste keer geïnteresseerd aankeek. 'Je bent hier nog maar een uurtje. Hoe zou jij dat moeten weten?'

'Ik heb het alleen maar gehoord.' Chloe haalde haar schouders op, duidelijk niet van haar stuk gebracht door het oudere meisje dat haar kwaad aankeek. 'Ik weet niet meer wie het zei.' Ze keek om zich heen en vroeg toen: 'Is hier ook ergens suiker?'

Jenny vroeg zich af waarom ze zich zorgen om Chloe had gemaakt. Chloe zou het hier wel redden.

'Ik heb gehoord dat het Easy en Callie waren,' zei Sage zacht. Ze duwde haar blad met half opgegeten dingen van zich af, en maakte vervolgens een staartje in haar vlasblonde haar. 'We hebben ze allemaal uit de schuur zien komen, en jullie weten dat ze allebei roken.' Schouderophalend liet ze het aan de anderen over om de puzzelstukjes in elkaar te laten passen.

'Wie rookt er?' vroeg Ryan Reynolds terwijl hij zijn zwaarbeladen blaadje op hun tafel neerzette. De cola klotste uit het glas op zijn bord.

Jenny trok een vies gezicht. Cola bij het ontbijt? Getsie!

Ryan schoof de stoel naast Sage uit, ging zitten en wachtte op wat ze zou gaan zeggen.

'Nou, ik rook.' Sage bloosde. 'Enne... Nou ja, bijna de helft van iedereen hier.'

'Ja, dat weet ik ook wel.' Ryan probeerde een lok van Sages lange blonde haar te pakken, maar die ging giechelend achteruit zitten. 'Heeft iemand Callie vanmorgen gezien?' vroeg hij.

Jenny keek Ryan nieuwsgierig aan. Wat was er anders aan hem? Hij zag er ernstiger uit, en ernstig was nou niet bepaald hoe je Ryan zou omschrijven. Ineens drong het tot haar door dat ze hem nog nooit met een bril had gezien. Zijn vader was de uitvinder van een bepaald soort zachte contactlenzen, dus daar had Ryan altijd een voorraad van.

'Ik moet het huiswerk voor Latijn nog van haar overschrijven,' ging Ryan verder.

'In de stal,' zei Benny meteen. Ze propte een groot stuk spek in haar mond. 'Met Easy.'

'Wat doen ze in een stal?' vroeg Chloe.

Benny en Celine lachten geheimzinnig.

'In het hooi rollebollen!' riep Celine uit. Ze trok haar vestje met rits van het hockeyelftal uit, waardoor het strakke zwarte T-shirt eronder zichtbaar werd.

Tersluiks keek Ryan naar haar borsten.

'Nu maar hopen dat ze de stallen niet ook in de fik steken,' zei Sage lachend.

Chloe keek verbaasd, maar ze zei niets en richtte haar aandacht weer op haar wentelteefje.

Jenny stond op en mompelde iets over maagpijn. Ze had haar luchtige pannenkoekjes nauwelijks aangeraakt. Met haar mobieltje in de hand liep ze naar de uitgang.

Vijf minuten later stond ze op de treden van grijze steen voor de eetzaal te wachten op Julian. Zodra ze van tafel was gegaan, had ze hem een sms'je gestuurd en gevraagd naar haar toe te komen. Ze moest hem waarschuwen.

En natuurlijk greep ze elk excuus aan om hem weer te zien.

Er deden erg veel geruchten de ronde over de brand, zo veel dat haar hoofd ervan tolde. Zou Dan van de drankwinkel er echt iets mee te maken hebben gehad, of was hij alleen maar schuldig aan het verstrekken van alcohol aan een stel uitgelaten jongeren? Zou iemand uit Rhinecliff echt zo de pest aan de leerlingen van het Waverly hebben dat hij hen in de as had willen leggen? En waarom had Julians aansteker in de schuur gelegen? Hij was die aansteker toch kwijt geweest? Ze dacht dat ze zich kon herinneren dat hij had verteld dat de aansteker weg was... Hij kon onmogelijk brand hebben gesticht, want hij was haar toen aan het zoenen geweest, heel lief en teder, buiten de schuur, en daardoor had ze toen even niet meer aan Easy en Callie gedacht, of aan wat ze in de schuur had gezien.

En toen dacht Jenny: is het mogelijk dat Easy en Callie verantwoordelijk zijn voor de brand? Ze zag hen nog liggen in het hooi, lachend en rokend, even zorgeloos als altijd. Goed, ze hadden zich niet druk gemaakt om Jenny's gevoelens, maar ze waren ook geen brandstichters. Alleen maar leugenaars.

Ze schudde haar hoofd, waardoor haar bruine krullen dansten. Ze deed erg haar best er niet aan te denken, maar toch kwam ze steeds tot dezelfde conclusie: voor Easy was ze niets anders dan een stipje op het radarscherm, een afleiding tussen het moment waarop het uitraakte met Callie en het moment waarop het weer aan was.

'Hoi.'

Met een ruk draaide ze zich om en keek recht in Julians lachende gezicht. Hij ritste zijn verbleekte grijze Everlast-trui met capuchon dicht tot zijn kin.

'Hoi,' zei Jenny terug. Ze was echt blij deze lange onderbouwer met het warrige haar te zien. Ze liep naar hem toe en keek op in zijn vriendelijke bruine ogen. Ze nam het zichzelf erg kwalijk dat ze haar platte marineblauwe gympen met de vlindertjes had aangetrokken. Als ze vaker bij Julian zou zijn, kon ze beter schoenen met plateauzolen gaan dragen.

'Heb je al ontbeten?' Hij sprong de tree af en kwam vlak voor haar terecht. Zijn warrige donkerblonde haar hing gedeeltelijk voor zijn ogen. Hij zag eruit als een golden retriever die een tennisbal heeft gevonden, maar dan sexyer.

'Jawel,' loog Jenny. Na het horen van al die roddels kon ze geen hap meer door haar keel krijgen. Haar maag was nog steeds niet tot rust gekomen, al voelde het nu meer alsof er vlinders in rondfladderden.

'Ga je mee naar Hopkins Hill?' vroeg Julian. Hij knikte in de richting van de heuvels achter haar.

Ze vroeg zich af of hij ook aan die kus van de vorige avond dacht. Dat moest haast wel. Toch?

'Kom op,' zei ze.

Over het pad door het bos liepen ze naar de heuvels. Het lawaai van borden die in de keuken werden gestapeld maakte plaats voor vogelgezang en het geruis van de wind in de bomen. Jenny moest nog aan die geluiden wennen, want ze had haar hele leven in New York gewoond. De dorre bladeren ritselden onder haar gympen.

Toen ze bij een open plek kwamen, bleef Julian ineens staan. Met een warme blik keek hij naar haar lippen.

Jenny bloosde. Zou hij haar nog eens zoenen?

'Heb je nog met Callie gepraat?' vroeg hij.

Bij de herinnering aan de confrontatie met Callie van de vorige avond kreeg Jenny een kop als een boei. Ze was woedend geweest. Niet omdat het weer aan was tussen Callie en Easy, maar omdat Callie erover had gelogen en net had gedaan alsof ze gewoon vrienden waren. Waarschijnlijk hadden Easy en Callie haar uitgelachen toen ze naakt in het hooi van de schuur lagen te roken en de boel in de hens staken.

'Zo'n beetje. Ik bedoel, ik weet het niet echt.'

'Oké.' Julian bukte en raapte een vuurrood eikenblad op. Vervolgens bood hij het Jenny aan alsof het een bloem was.

Giechelend nam ze het blaadje aan, waarbij ze 'per ongeluk' zijn hand aanraakte.

'Je hoeft het me niet te vertellen,' ging hij verder. 'Ik wilde alleen maar weten of jullie het hadden uitgepraat.' Hij haalde lichtjes zijn schouders op.

Het viel Jenny op dat hij vertrouwde kleren droeg: zwarte Tretorn-schoenen, een donkere spijkerbroek van True Religion met grote gaten bij de knieën, en een zwart T-shirt onder zijn trui met capuchon.

'Heb je vannacht niet geslapen?' vroeg ze.

Hij wreef in zijn nek en schopte tegen een steentje. 'Stink ik?' Hij vroeg het zacht, alsof hij bang was dat iemand anders het zou horen.

'Nee.' Ze giechelde. Eigenlijk rook hij wel lekker, een vage dennengeur. Of misschien was dat de geur van het bos. 'Maar je hebt hetzelfde aan als gisteren.'

'Ja, ik ben naar school gelopen.' Hij trok zijn afzakkende broek op.

Jenny zag de bovenkant van zijn boxershort, die groen was met witte schaapjes. Ze bloosde alweer.

'Je kunt doorsteken door de droogstaande beek achter de boerderij van Miller,' legde hij uit.

'O,' zei ze, alsof ze dat een goede verklaring vond. Had hij de hele nacht in zijn eentje rondgelopen? Wat waren jongens toch merkwaardige wezens... Toen het nog aan was geweest tussen Easy en haar, had Easy diep in het bos een schilderij van haar gemaakt. En thuis, als ze over Sheep Meadow liep, lagen daar allemaal jongens joints te roken en zich één te voelen met het kleine beetje natuur dat er in de stad was. Of misschien wilden ze alleen maar high worden. Jenny leunde tegen een met mos begroeide boomstam en deed haar best gewoon te doen terwijl Julian naar haar keek. Het kon haar niets schelen dat haar kleren vies werden. Dat was hij haar wel waard.

Nog steeds keek hij naar haar lippen. 'De lucht was helemaal rood, wit en blauw van de zwaailichten van de patrouillewagens en de brandweer,' zei hij. 'Eigenlijk best mooi.'

Jenny glimlachte om zijn jongensachtig enthousiasme. Ze vond het leuk dat hij in het holst van de nacht zomaar door het bos was gaan lopen, ondertussen hopelijk denkend aan hun kus.

'Julian,' vroeg ze ineens, 'heb je je aansteker de laatste tijd nog gezien?'

Hij fronste zijn voorhoofd, en daaraan kon ze zien dat hij al had gehoord dat de aansteker was gevonden.

'Je kunt rector Marymount toch vertellen dat je hem kwijt was?' ging ze verder. Toen ze hem laatst op een avond in Dumbarton had gezien, waar hij zich in de bezemkast had verstopt, was hij op zoek geweest naar zijn Zippo. Tenminste, dat had hij gezegd. 'Als je de waarheid vertelt, word je heus niet van school getrapt.'

Julian haalde zijn schouders op en keek naar een punt boven Jenny's hoofd.

Ze hoopte maar dat er geen tarantula over een tak kroop die een nest in haar krullen wilde maken.

'Ik maak me geen zorgen,' zei hij uiteindelijk. Vervolgens ging hij dichter bij Jenny staan en zette zijn handen aan weerskanten van haar tegen de boomstam aan, zodat ze gevangen zat. En dat vond ze helemaal niet erg. 'Ik heb het leukste alibi van iedereen,' zei hij met een grijns.

Meteen kon Jenny niet helder meer denken, zo afgeleid was ze bij de herinnering van zijn lippen op de hare, samen in het donker. En even later kreeg ze er iets bij om zich te herinneren.

Aan:	Waverly Academy
Van:	RectorMarymount@waverly.edu
Datum:	zaterdag 12 oktober, 10:15
Onderwerp:	Open Dagen

Beste leraren en leerlingen,

Zoals jullie waarschijnlijk allemaal weten, zijn er de komende dagen een paar eventuele leerlingen aanwezig voor de Open Dagen. Op deze manier kunnen ze een voorproefje krijgen van het leven op de Waverly Academy. Ik hoop dat jullie hun het gevoel kunnen geven dat ze welkom zijn. Ik wil graag de Owls bedanken die zich hebben aangeboden om gastvrouw of gastheer te spelen. De nieuwe leerlingen blijven tot woensdag om de gelegenheid te krijgen twee hele dagen de lessen te volgen. Ik vraag jullie dan ook hen al die tijd behulpzaam te zijn en hen overal bij te betrekken.

Maandag zal ter ere van deze nieuwe leerlingen een diner worden gegeven in de kantine. Houd jullie aan het kledingsvoorschrift!

Ik vertrouw erop dat de leerlingen zich de komende dagen beter zullen gedragen dan de afgelopen weken het geval is geweest.

Met vriendelijke groet,

Rector Marymount

Owlnet instant message inbox

RyanReynolds: Kara en jij, hè? Dus daarom is het tussen ons nooit wat geworden…

BrettMesserschmidt: Nee, dat komt omdat ik de pest aan je heb ;-)

RyanReynolds O…

Owlnet e-mail inbox

Aan: BrettMesserschmidt@waverly.edu
Van: JeremiahMortimer@stlucius.edu
Datum: zaterdag 12 oktober, 11:08
Onderwerp: Gaat het?

Hoi,

Ik weet dat je geen woord met me wilt wisselen, maar ik heb gehoord dat er brand was op de boerderij van Miller, en ik wilde even weten of alles goed met je gaat. Ik heb ook nog iets anders gehoord, maar maak je niet druk, ik geloof er geen woord van. Ik ken je toch? Ik weet ook wel dat je verdrietig zult zijn omdat er over je wordt geroddeld. Als je erover wilt praten, dan zeg je het maar.

Nou ja, ik hoop dat het goed met je gaat.

J.

Owlnet instant message inbox

AlisonQuentin: Dag schat. Wat doe je?

AlanStGirard: Ik blijf de hele dag in bed. Er is veel te veel gedoe.

AlisonQuentin: Heb je het gehoord van Julians aansteker? Je zou niet zeggen dat hij een pyromaan is.

AlanStGirard: Nee. Maar ik heb gehoord dat Tinsley ook rondhing bij die schuur.

AlisonQuentin: Jongens houden toch wel van vurige meisjes?

AlanStGirard: Vurig ja, pyromaan nee.

AlisonQuentin: Kom in dat geval vanmiddag naar het prieeltje. Dan zal ik je eens laten zien wat vurig is.

AlanStGirard: Maar dan moet ik mijn bed uit... Kun je er niet gewoon bij komen liggen?

2

Een Waverly Owl twijfelt nooit aan haar daden

Brett Messerschmidt staarde naar het omslag van haar Latijnse grammatica terwijl het oude nummer van The Flaming Lips 'She Don't Use Jelly' uit het sounddock van haar iPod schalde. Ze zag de Dorische zuilen, en het speet haar dat ze niet haar ogen kon sluiten en teruggaan in de tijd. Naar het oude Rome. Naar de jaren twintig van de vorige eeuw. Naar Woodstock. Naar Pompeji. Eigenlijk gaf het niet waar naartoe, als het maar niet het Waverly in het heden was.

Als Heath iedereen had verteld over Kara en haar, zou ze hem de wind van voren kunnen geven en zou ze niet zo van streek zijn geweest. Ze moest haar woede toch op iemand koelen. Het gaf niet op wie, als het Kara maar niet was. Terwijl het eigenlijk Kara's schuld was dat iedereen het nu van hen wist, want Kara had aan Callie verteld dat ze elkaar stiekem zoenden. Ze dacht erover Callie de huid vol te schelden omdat ze een suffe trien was die in een dronken bui roddels verspreidde, maar dat zou ook niet echt bevredigend zijn.

Ze leunde naar achteren op de ongemakkelijke houten bureaustoel, waardoor haar ruggenwervels tegen de harde spijltjes werden gedrukt. Ze was dol op Kara, maar was het ook echt aan? In dat geval zouden ze een lesbisch stel zijn. Ze zag de gids al voor zich die eventuele nieuwe leerlingen en hun ouders rondleidde over het schoolterrein. Hij zou naar Bretts raam wijzen en zeggen: 'En dit is nou Dumbarton,

waar het enige lesbische stel van het Waverly is onderge-
bracht.'

Ze legde haar hoofd op het koele bureaublad en trok aan de
korte rode vlechtjes die ze die ochtend had gemaakt. Ze voelde zich net Pippi Langkous, al zoende Pippi waarschijnlijk
geen meisjes. In elk geval was Tinsley er gelukkig niet. Brett was
die ochtend doodmoe opgestaan, om te ontdekken dat er verder niemand was op de kamer. Er hing alleen nog een vleugje
van Tinsleys Baby Doll van Yves Saint Laurent.

'Hallo?' Kara Whalen keek om de deur. Door een vlinder-
bril met schildpadmontuur met glazen die haar bruine ogen
vergrootten, spiedde ze zenuwachtig door de kamer. Haar
lichtbruine haar kwam tot net op haar schouders. 'Is Tinsley
er niet?'

'Ze is weg.' Brett ging rechtop zitten en draaide een vlecht-
je om haar vinger.

Kara leek opgelucht. 'Ik dacht al dat ik haar buiten had
gehoord.' Voorzichtig nam ze plaats op Bretts bed. Ze droeg
een strakke grijze trui van de universiteit van New York, en een
gebleekte spijkerbroek.

'Ik heb je nooit eerder met een bril gezien.' Brett schoof het
grammaticaboek opzij en draaide zich om naar Kara. 'Je lijkt
net een sexy bibliothecaresse.' Meteen bloosde ze diep.
Waarom had ze ook 'sexy' gezegd?

'Dank je wel.' Met een grijns deed Kara het rode speldje
goed waarmee ze het haar uit haar gezicht hield.

Dat speldje deed Brett denken aan toen ze nog klein was en
het haar van haar poppen uit hun ogen hield met paperclips.

'Mijn ogen prikten van de rook,' vertelde Kara. 'Ik kreeg
mijn lenzen vanmorgen niet in.'

Brett knikte. Ze wilde liever niet aan de afgelopen avond
denken. Ze zat al twee jaar op het Waverly, en al die tijd was ze
bang geweest dat iemand erachter zou komen dat haar vader

plastisch chirurg was, en dat ze was opgegroeid in een ordinair huis in New Jersey. Maar nu leek haar verleden vol vergulde spullen en luipaardmotiefjes niet meer zo belangrijk. Ze streek de kreukels uit haar witte zigeunerrok van Theory. Er was brand geweest, en ze had een minnares. Het verleden was wel het laatste waar ze zich druk om maakte.

'Ik zag je niet bij het ontbijt.' Kara pakte een nummer van *Absinthe* op, het kunsttijdschrift van het Waverly dat op Bretts nachtkastje lag, en bladerde erin.

Brett las het tijdschrift zelden, maar iedere leerling kreeg het nu eenmaal, en ze vond het leuk om het in haar kamer te hebben. Misschien leek ze dan artistiek en ánders. Maar nu hoefde ze niet meer te doen alsóf ze artistiek en ánders was.

Kara keek haar over haar bril heen aan.

Brett stond op en rekte zich uit. Ze wriemelde met haar tenen in het zachte mintgroene kleedje. Ze had het ontbijt expres overgeslagen omdat ze dan de roddels in de kantine niet hoefde te horen. Het verbaasde haar dan ook dat Kara zich wél in de leeuwenkuil had gewaagd. 'Heb ik iets gemist?'

'Pannenkoekjes met appel en kaneel.' Kara keek naar de foto's van abstracte schilderijen in het tijdschrift, en glimlachte toen flauwtjes naar Brett.

'Heb je nog iets over de brand gehoord?' vroeg Brett. Ze stond in het midden van de kamer, niet zeker of ze wel op bed naast Kara moest gaan zitten. Ze had op Tinsleys bed kunnen gaan zitten, maar ten eerste was Tinsley een verschrikkelijke bitch, en ten tweede stond het bed een heel eind uit de buurt. Toen Tinsley en Brett kamer 121 in Dumbarton toegewezen hadden gekregen, hadden ze hun bedden zo ver mogelijk uit elkaar gezet, tegen de muur aan. Brett had nog even overwogen om haar lichtblauwe lakens van Frett ertussen te hangen, zodat ze Tinsley minder vaak zou hoeven te zien.

'Er wordt over niets anders gepraat.' Kara liet het tijdschrift op bed vallen en sloeg haar benen over elkaar. 'Ze hebben het voortdurend over Easy en Callie. O, en er is een aansteker gevonden tussen de puinhopen, met de initialen van Julian McCafferty erop. Er zijn ook mensen die denken dat Tinsley brand heeft gesticht. Of de eigenaar van de drankwinkel. Nou ja, het zou iederéén wel kunnen zijn geweest.'

Brett schoof het tijdschrift toch maar opzij en nam plaats op het dekbed met zijden overtrek met Indiaas motief. Aan de muur hing een ets van een witte zeilboot. Die had Tinsleys grootvader naar Tinsley gestuurd, en Brett had hem uit de prullenbak gevist. Tinsley had de envelop maar een klein beetje opengemaakt, en hem toen met inhoud en al weggegooid.

Kara boog zich naar Brett toe, en Brett voelde haar warme adem op haar huid.

'Ik heb gehoord dat iemand jongens van het St. Lucius in de buurt van de schuur heeft gezien,' zei Kara.

'Echt waar?' Er voer een rilling door Brett heen bij het horen van de naam van die school, en ze ging rechtop zitten. Jeremiah had haar net een mailtje gestuurd, waarin hij vertelde dat hij over de brand had gehoord... en over nog iets anders. Wat zou hij ervan vinden als hij erachter kwam dat de geruchten over Kara en haar op waarheid berustten? En wat moest ze terugschrijven? Ze keek naar haar open iBook, alsof ze daar het antwoord in zou kunnen vinden. Vervolgens besloot ze pas terug te mailen als ze precies wist hoe de zaken tussen Kara en haar ervoor stonden.

'Wat is er?' vroeg Kara. Ze keek Brett aan, en Brett richtte haar aandacht snel op de bergen gele en rode bladeren op het gazon buiten. 'Hé,' zei Kara, en ze legde haar hand op Bretts onderbeen, 'ík ben het, weet je nog?'

Brett ontspande door Kara's aanraking. Ze schoof dichter naar Kara toe, en zo bleven ze een poosje zwijgend zitten, totdat Brett weer naar buiten keek, naar de herfstbladeren. Er vloog een gele frisbee voorbij. Benny Cunningham holde lachend over het gazon.

'Ik weet iets.' Kara's ogen fonkelden achter de brillenglazen. 'Laat die hele brand maar zitten. Zullen we in pyjama naar films op tv gaan kijken, in de woonkamer? Ik heb echt zin in iets oubolligs en belachelijks, zoals *Girls Just Wanna Have Fun*. Helemaal jaren tachtig, echt te gek.' Ze keek Brett hoopvol aan.

Brett knikte peinzend terwijl ze haar vinger liet dwalen over het motief van het dekbed. Sullige films kijken met Kara leek heel aanlokkelijk. Alleen... in de woonkamer, en in pyjama? Zou iedereen dan niet gaan denken dat ze met elkaar naar bed waren geweest? Ze trok aan een los draadje dat uit het dekbedovertrek kwam, en er ontstonden kleine plooitjes in de stof. Zou Kara erg boos worden als ze voorstelde iets anders te gaan doen, ergens waar niemand hen kon zien?

Maar voordat ze iets kon zeggen, vloog de deur open. De deur kwam met een bonk tegen het affiche met ballerina's van Degas aan. Tinsley stormde naar binnen. Ze zag er heel onschuldig uit in een zachtblauw overhemd met een wit rokje.

Brett wist dat haar kamergenote zich expres zo had gekleed, want Tinsley Carmichael was allesbehalve onschuldig.

'Ik hoop maar dat ik jullie niet stoor, meisjes. Of moet ik zeggen: minnaressen?' merkte Tinsley bits op. Haar donkere staart zwierde heen en weer terwijl ze haar bureaula open- en dichtschoof, en gauw iets in haar zak stopte.

Helaas kon Brett in de gauwigheid niet zien wat het was. Voordat Brett iets lelijks kon terugzeggen, was Tinsley alweer verdwenen. De deur knalde hard achter haar dicht.

'Kom op.' Kara stond op. Kennelijk maakte ze zich niet druk om Tinsleys kattige opmerking. 'Minnares,' zei ze met een plagerig lachje. Toen ze zag dat Brett ontzet keek, vroeg ze bezorgd: 'Zeg, je laat je door háár toch niet op stang jagen?' Zo leek het net alsof Tinsley een soort akelige ziekte was die moest worden bestreden.

'Nee…' Langzaam schudde Brett haar hoofd, toen zekerder. Tinsley was gewoon haar kattige zelf. Het probleem was niet Tinsley, maar het gefluister van de vorige avond, het mailtje van Jeremiah, en de vlinders in haar buik.

'Ze wil je alleen maar pesten. Trek je er maar niks van aan.' Kara liep naar de deur en draaide zich toen terug naar Brett. Met haar handen in haar broekzakken zei ze: 'We hoeven geen stel te zijn als je dat liever niet wilt.'

'O,' zei Brett. Het duurde even voordat ze daar iets op wist te zeggen. 'Eh… oké.'

Kara haalde haar schouders op, en Brett was even jaloers op haar, omdat ze het zo gemakkelijk opnam. 'Het is helemaal niet nodig om het zo op te blazen,' ging Kara verder. 'We zijn nog maar zeventien, we weten nauwelijks waar we mee bezig zijn. Trouwens, zullen we kijken of er iets op tv is voordat we een film gaan huren?' Ze knikte in de richting van de woonkamer, blijkbaar uitgepraat over hun relatie.

Brett vond het fijn dat Kara zo gemakkelijk kon overstappen van een zwaar onderwerp naar iets lichters. Op die manier leek alles veel simpeler.

Ze stond op en trok haar zwarte broek van J.Crew een stukje naar beneden. Die broek kroop altijd omhoog. 'Misschien kunnen we iets gaan doen in jouw kamer,' stelde ze voor. 'We kunnen een spelletje Boggle doen. Daar ben ik heel goed in,' voegde ze er glimlachend aan toe. Eigenlijk wilde ze liever niet onder de mensen komen, en Kara had een eenpersoonskamer, waar ze rustig met z'n tweetjes konden zijn, zonder kattige kamergenotes of nieuwsgierige meisjes.

Kara haalde haar schouders op. 'Ik vind het best.' Vervolgens liep ze voor Brett uit naar haar kamer.

Met een glimlach kwam Brett achter haar aan. Het was fijn

om bij Kara te zijn. Kara bofte met een kamer voor zich alleen. In een gebouw met driehonderd roddeltantes had je weinig privacy. Zolang Brett en Kara maar niet op de voorgrond traden, zou dit wel eens de prettigste relatie kunnen worden die Brett ooit had gekend.

3

Een Waverly Owl heeft respect voor ouderen, vooral als ze hen naar haar hand kan zetten

Tinsley Carmichael stond buiten de werkkamer van rector Marymount naar het bureau van meneer Tomkins te kijken. Ze had deze ruimte nog nooit verlaten gezien. De al jong kaal geworden secretaris was net een waakhond; hij was er altijd, en hij was op het belachelijke af trouw aan de rector. Tinsley trok de bovenste la van het bureau van donker eikenhout open. Er lag niets anders in dan een open pakje kauwgum, een gouden dollar met de beeltenis van Sacagawea erop, en een zilveren Tiffany-bedelarmbandje met maar één bedeltje eraan, een theepotje. Tinsley haalde een kauwgumpje uit het pakje en stak het in haar mond. Zouden er nog andere interessante dingen zijn? Het vertrek zag eruit alsof het was gemeubileerd met decorstukken uit het theater, met eikenhouten lambrisering en hoge boekenkasten vol boeken met groene, rode en zwarte ruggen met gouden opdruk. Ze kon zich voorstellen dat andere leerlingen onder de indruk waren bij deze entree naar de werkkamer van rector Marymount. Zelf had ze hier al heel vaak gestaan. Maar vandaag was het voor iets ernstigers dan anders.

Nadat ze Jenny en Julian de vorige avond had zien zoenen, was ze zo kwaad geweest dat ze niet had kunnen slapen. Ze was die nacht opgebleven en had door het raam gekeken naar de Hudson, en zich stom gevoeld omdat ze verliefd was geworden op Julian. Terwijl de zon opkwam, had ze gedroomd over een vlot van takken en twijgen bouwen of zoiets, en zich daarop laten afzakken naar Manhattan, waar iedereen vast nog wakker was, en waar jongens waren die nog veel leuker waren dan Julian, die immers toch nog maar een onderbouwer was. Door te verdwijnen zou ze iedereen een poepie laten ruiken. Wat zouden ze moeten zonder haar?

Maar dromen over weglopen hoorden bij de nacht. Nu was er weer een nieuwe dag aangebroken. Ze pakte haar mobieltje en toetste een nummer in met haar ongelakte, keurig geknipte nagels.

'Hallo?' Callie klonk van erg ver weg.

'Waar ben je? We hadden een afspraak.' Tinsley zei het zacht, opdat rector Marymount het niet zou horen. Zijn secretaris genoot dan misschien wel van een vrij weekend, maar Marymount was een workaholic. Ze wist dus dat hij op zaterdag in zijn werkkamer zou zijn, vooral na wat er de vorige avond was gebeurd.

'O, oké.' Callie klonk loom, alsof ze nog maar net wakker was. 'Ik ben bij Easy. Kunnen we het niet verplaatsen?'

Er verscheen een geërgerde blik in Tinsleys viooltjesblauwe ogen. 'Maar ik ben er al. Luister je wel?' Ze deed haar best niet ongeduldig te klinken. Door het raam van de serre zag ze een grijze wolk vol regen voorbij drijven, en op het glas zaten al een paar spettertjes. Ze hoopte dat Callie en Easy ergens buiten waren, want dan zouden ze gedwongen worden elkaar even los te laten.

'Natuurlijk luister ik.' Er klonk gefluister, en toen gegiechel. 'Maar ik heb nu even geen tijd voor je. Niet dóén!'

Ongeduldig keek Tinsley op haar zilveren Movado-horloge. 'Wat moet ik niet doen?'

'Ik had het tegen Easy,' legde Callie uit, waarna ze weer zo stom giechelde. 'Ik zei toch dat je dat niet moest doen?'

'Kom je me nou helpen of niet?' vroeg Tinsley kwaad. Ze vergat te fluisteren. Het speet haar dat ze haar Bluetooth niet bij zich had, maar ze had geen tijd gehad die ook nog mee te grissen uit haar kamer. Ze had geen zin gehad in een praatje met Brett en haar potteuze vriendin.

'Ja, ik zei toch dat het goed was?' snauwde Callie zacht, alsof ze niet wilde dat Easy het zou horen. 'Maar ik kan nu niet komen. Begin jij maar vast. Het gaat je waarschijnlijk in je eentje toch beter af.'

'Oké.' Tinsley verbrak de verbinding en stopte het mobieltje in haar roodbruine suède Calypso-tas. Het was vervelend dat Callie zich niet aan de afspraak hield, maar Callie had wel gelijk: in haar eentje zou het Tinsley vast veel beter af gaan. Ze haalde diep adem en liep toen af op de walnoothouten deur van de kamer van de rector.

'Binnen!' bulderde rector Marymount toen Tinsley aarzelend had geklopt. Hij keek niet op toen ze binnenkwam. De rossige slierten waarmee hij zijn kale schedeldak bedekte, vielen naar voren terwijl hij een vel papier bestudeerde. Met een geel vest aan zag hij eruit als een aardige oom, maar toch ook erg intimiderend.

'Meneer Marymount?' zei Tinsley met haar beste kleinemeisjesstemmetje. Haar steile donkere haar droeg ze strak naar achteren in een paardenstaart, en ze had zich niet opgemaakt om er maar onschuldig uit te zien. Dat hoopte ze althans. Natuurlijk was zíj degene die Julians aansteker bij de schuur op de grond had gegooid nadat ze hem met Jenny had gezien, en daardoor was er brand ontstaan. Dus was ze allesbehalve onschuldig. Ze moest meneer Marymount van haar onschuld zien te overtuigen, anders kon ze het wel vergeten. 'Neemt u nooit een dagje vrij?'

Marymount streek de slierten haar op hun plek en zuchtte vermoeid. 'Rector zijn van een school vol leerlingen is een zware taak.' Hij keek haar afkeurend aan. Normaal gesproken was zijn bureau keurig opgeruimd, maar nu was het er een zooitje. Het grote raam achter hem bood uitzicht op het schoolterrein.

Even vroeg Tinsley zich af of dat expres was, zodat hij van 's ochtends vroeg tot 's avonds laat de leerlingen in de gaten kon houden. Ze zag al voor zich dat hij zich als een roofvogel op een nietsvermoedende leerling stortte, die optilde met zijn klauwen en met zijn snavel het vlees eraf pikte.

'Ik heb met een paar nieuwe leerlingen gepraat,' loog ze. Ondertussen probeerde ze het beeld kwijt te raken van de rector als roofvogel. Bovendien zou een gezellig babbeltje misschien helpen. Nerveus schuifelde ze met haar voeten. 'Ze lijken erg geschikt als Owls.'

'Goede timing, hè?' reageerde Marymount klagelijk. Hij smeet zijn dure pen op de grote, leren bureauonderlegger en streek door de slierten haar. 'Net nu er een pyromaan rondwaart.'

Tinsley begreep dat het een retorische vraag was, maar ze kon er wel op inhaken. 'Daarom wilde ik u ook even spreken.' Ze liep dichterbij over het dikke, Turkse tapijt, en deed haar best niet te denken aan de vorige keer dat ze daar had gestaan. Nog maar een paar dagen geleden had ze de gehuwde rector onder druk gezet toestemming te geven voor het feest van de Cinephiles, het feest in de schuur. Ze had gebruikgemaakt van het feit dat ze wist dat hij een ondeugend weekend had gehad met Angelica Pardee, de eveneens getrouwde huismeester van Dumbarton. Hij had toestemming verleend onder voorwaarde dat Tinsley verantwoordelijk was in het geval dat er iets mis mocht gaan. En er was iets misgegaan. Het kon bijna niet erger. Maar als Tinsley haar zin kreeg, zou hij begrijpen dat ze er niets aan kon doen. En Tinsley kreeg altijd haar zin.

Marymount schoof zijn stoel naar achteren en legde zijn handen op zijn buik. De antieke klok in de boekenkast in de hoek sloeg schril. 'Het is niet nodig me aan ons vorige gesprek te herinneren, juffrouw Carmichael.'

Gauw schudde Tinsley haar hoofd. Ze wist dat ze daar beter niet op kon reageren, en ze wilde ook niet verlegen iets mompelen, en dat verwachtte hij kennelijk van haar. In plaats daarvan richtte ze haar blik op de foto in de zilveren lijst die op zijn bureau stond. De foto van het gezin Marymount stond niet meer naar de rector toe, alsof hij het niet kon verdragen steeds de blik van zijn echtgenote op zich gericht te zien. Het moest een foto van de hele familie zijn, want er stonden meer dan tien personen op. Eentje daarvan was zeker een nichtje, want de kinderen van de rector studeerden al. Het meisje had een scheiding in het midden, en ze droeg een roze overall. Ze keek angstig de wereld in door een bril met een zwart montuur. Dit meisje moest nodig eens een metamorfose ondergaan.

Marymount pakte de pen weer op en hield die vast alsof hij niets liever wilde dan zijn handtekening zetten onder een brief waarin stond dat Tinsley van school was verwijderd. 'Je komt me zeker vertellen wie de brand heeft gesticht?'

Tinsley keek naar de grond, en naar haar brave schoenen van Miu Miu, met bandjes over de wreef. Meteen besefte ze dat ze dat niet had moeten doen. Als je naar de grond keek, dachten anderen dat je stond te liegen. Het enige wat nog erger was, was aan je neus krabben. Je moest mensen juist in de ogen kijken als je loog, of tussen de ogen. Dus richtte ze haar blik op de grijsbruine haartjes boven Marymounts neus en zei: 'Nee, maar ik weet wel wie het níét heeft gedaan.'

Marymount glimlachte flauwtjes. 'En wie heeft het niet gedaan?'

'Nou, ik heb gehoord dat de aansteker van Julian McCafferty is gevonden, maar ik weet ook dat hij die aansteker aan Jenny Humphrey had gegeven,' zei Tinsley snel. Ze bleef kijken naar die borstelige haartjes. Het leken net grijze scheuten die uit zijn voorhoofd groeiden. Misschien gingen ze bloeien in de lente.

'Ik heb meneer McCafferty nog niet gesproken.' Marymount pakte het vel papier op en liet zijn blauwe ogen over de regels dwalen.

Tinsley zette nog een stap naar het bureau toe.

Hij tikte tegen het papier. 'Dit is het politieverslag van de brand. Er staat dat de brand zonder enige twijfel is aangestoken.'

'Jenny was in de schuur voordat die in brand vloog,' zei Tinsley. Buiten bewoog een boom in de wind, en even werd ze verblind door een straal zonlicht. Ze kneep haar ogen tot spleetjes, in de hoop dat de rector niet zou denken dat ze haar gezicht vertrok omdat ze loog. Ze wist dat één verkeerde beweging kon betekenen dat zíj van school zou worden getrapt en niet Jenny Humphrey.

'Waarom geef je er Jenny Humphrey de schuld van?' Marymount pakte een zware, bronzen presse-papier in de vorm van een uil en draaide die om en om. Met een doordringende blik keek hij haar over het gouden montuur van zijn bril aan. 'Hebben jullie soms ruzie?'

Tinsley verstrakte. Ruzie? Nee, niet echt. Meer een heel erg lange strijd, al vanaf het moment dat ze Jenny had gezien met die enorme tieten, Jenny, die zich stortte op iedere jongen die in haar blikveld verscheen, ongeacht of hij al een vriendinnetje had. 'Als u bang bent dat ik heimelijke motieven heb, moet u het maar eens aan Callie Vernon vragen. Zij was ook in de schuur. Zij heeft Jenny ook gezien.' Tinsley sloeg haar armen over elkaar. Het werd tijd dat Callie Easy eens losliet en ook iets deed.

'Wat deed juffrouw Vernon in die schuur?' De rector boog zich naar voren.

Tinsley had niet beseft dat haar uitleg wel eens verdacht kon overkomen. Oeps.

Er klonk een signaal dat er nieuwe e-mail was. Meteen richtte Marymount zijn blik op het computerscherm, om vervolgens weer naar Tinsley te kijken.

'Ze was met Easy Walsh, ze, eh… waren aan het praten. Hij

heeft Jenny ook gezien,' voegde ze er snel aan toe. Als ze niet oppaste, ging ze nog zeggen dat ze die brand zelf had gesticht. Shit. Wat had ze toch?

Marymount lachte schamper. 'De lijst van verdachten wordt steeds langer,' merkte hij op.

Plotseling viel het haar op dat de kauwgum in haar mond alle smaak had verloren. 'Maar zij hadden niks met de brand te maken, hoor,' zei ze. Ze zette haar handen in haar zij om er zelfverzekerder uit te zien. 'Ze hebben Jenny gezien. Jenny heeft de brand gesticht. Ik weet het zeker.'

Marymount stond op, een teken dat het gesprek bijna was afgelopen. 'Nou, hopelijk vind je het niet erg dat ik je niet op je woord geloof.'

Tinsley knipperde met haar viooltjesblauwe ogen. Wat moest ze daarop zeggen?

'Ik stel het op prijs dat je het me bent komen vertellen op je vrije zaterdag,' ging hij verder. Vervolgens legde hij het politierapport in de bovenste la, schoof die dicht en deed hem op slot. Het sleuteltje stak hij in zijn broekzak. 'Voorlopig neem ik nog geen maatregelen omdat je de filmvertoning zo slecht hebt georganiseerd. Daar hebben we het nog wel over.'

Tinsley draaide zich om en liep de werkkamer uit. Zacht deed ze de deur dicht. Voor het bureau van meneer Tomkins bleef ze staan. Toen griste ze gauw nog een kauwgumpje uit de la en plakte het oude onder het bureaublad. Kinderachtig, maar ze was nu eenmaal kwaad, en niet in de stemming om zich te beheersen. Ze was het niet gewend niet haar zin te krijgen. Ze was vast van plan zich door niets te laten weerhouden om te krijgen wat ze wilde. En dat was Jenny Humphrey met haar dikke tieten van school te laten trappen. Per slot van rekening had Tinsley haar hele leven al geboft, en dit akkefietje met de brand zou daar niets aan veranderen. Haar vriendinnen en zij bleven op school, en Jenny Humphrey moest oprotten.

4

Een slimme Owl weet dat de stallen van het Waverly een recreatief doel hebben

Tegen haar zin duwde Callie Vernon Easy's blote arm weg en ging zitten. Ze graaide haar nieuwe Stella McCartney-spijkerbroek van de rommelige stapel op de stalvloer. Daar hadden ze hun kleren een uur geleden gelegd. Ze bevonden zich in een gedeelte van de stallen waar geen paarden stonden en waar niemand ooit kwam. Hoewel er geen paarden meer waren, rook het nog wel naar paard. Maar dat was altijd nog beter dan de verstikkende stank van rook, die als een deken over het schoolterrein hing.

'Nee, nog niet...' Easy greep naar de broekspijpen om te voorkomen dat Callie de broek aantrok.

Giechelend sprong ze bij hem weg. De bruine paardendeken waarop ze hadden gelegen, was schoon, maar wel kriebelig onder haar blote voeten. Gek genoeg was het haar niet opgevallen dat hij kriebelig was toen ze er nog naakt op had gelegen. Blijkbaar was ze te erg afgeleid geweest.

Ze keek naar beneden, naar Easy's blote borst, en de moedervlek onder zijn ribben, en de tailleband van zijn antracietkleurige Calvin Klein-boxershort. Easy was gespierd, ook al deed hij niet aan fitness. Dat wasbordje had hij zeker gekregen van het rijden op zijn paard Credo. Hij was echt heel knap, en weer helemaal van háár.

'We moeten hier eens een zachtere deken mee naartoe nemen.' Ze stak haar magere armen door de spaghettibandjes van haar zachtroze Camisole-hemdjurkje, en streek haar golvende rossigblonde haar uit haar ogen.

'Hou je niet van kriebelig?' vroeg Easy met zijn accent van Kentucky. Hij pakte Callies opgevouwen roomwitte jas van Ralph Lauren van de grond en legde die met een grijns onder zijn hoofd.

Ze bukte om de jas onder hem uit te trekken. Ze vond het niet erg om een paar sprietjes hooi in haar haren te hebben, maar haar jas moest mooi blijven.

Maar voordat ze haar jas kon wegtrekken, sloeg hij zijn arm al om haar middel en trok haar boven op zich.

'Laat me los,' zei ze liefkozend. Ze keek in zijn prachtige blauwe ogen en plukte een strootje uit zijn warrige bruine krullen. Zijn lippen waren net als de hare gezwollen van het zoenen, en dat was helemaal top. 'En nee, ik hou niet van kriebelige paardendekens.'

Hij legde zijn hand op haar onderrug, op de moedervlek in de vorm van een aardbei. Vervolgens stak hij zijn vingers in de tailleband van haar spijkerbroek. 'Je bent net de prinses op de erwt.'

Van de erwt was ze niet zo zeker, maar ze voelde zich wel een echte prinses. Wat haar betrof kon de stal een luxueuze suite van het Ritz-Carlton Atlanta zijn, het hotel waar haar moeder, die gouverneur van de staat Georgia was, zo dol op was. In de stal was het fijn. Ze waren er alleen, en meer hadden ze niet nodig. Easy had naar de heuvels willen gaan om uit te kijken over de Hudson, maar dat hadden ze maar niet gedaan toen ze het team hardlopers die kant op hadden zien rennen. Een zootje magere hardlopers met stopwatches zou echt een domper betekenen op een romantische middag zonder kleren aan.

'Waar denk je aan?' vroeg hij. Hij hief zijn hoofd om aan haar oorlelletje te kunnen knabbelen. Zijn stem klonk zacht en lief.

Alles aan Easy was zo vertrouwd. Soms deed hij haar denken aan dingen waarmee hij niets te maken had, zoals de zoete thee waar ze als kind zo dol op was geweest. Zulke thee hadden ze niet in het Noorden, en het was een van de dingen uit het Zuiden die ze erg miste.

Ze had uitsluitend aan hem gedacht, maar nu hij het had gevraagd, werd ze overspoeld door dingen waar ze waarschijnlijk aan zou moeten denken. Zoals dat ze haar afspraak met Tinsley niet was nagekomen, terwijl ze toch van plan waren om Jenny van school getrapt te krijgen. Maar ze had het oprecht gemeend toen ze zei dat Tinsley het waarschijnlijk beter zou afkunnen in haar eentje. Tinsley kon liegen als de beste, en Callies zenuwachtige gefrunnik zou maar achterdocht wekken.

'Ik… ik dacht aan gisteravond.' Toen hadden ze het allebei voor het eerst gedaan, en het was precies geweest zoals ze had gehoopt, met de jongen van wie ze had gehoopt dat hij haar zou ontmaagden. Dit zouden ze nooit vergeten. Ze had zelfs een sprietje hooi uit de schuur bewaard in haar bovenste la, als aandenken. Nu de schuur er niet meer was, was ze helemaal blij met het sprietje hooi. Het was fijn om iets te hebben van de plek waar ze het samen voor het eerst hadden gedaan.

Ze drukte een zoen op Easy's wang, en hij grijnsde zijn scheve grijns. Goh, wat had ze die grijns gemist. En zijn geur, een mengeling van koffie en Marlboro, paarden en zeep, en verf natuurlijk. Ze had ook zijn knokige vingers gemist. Maar nu was dat alles weer van háár.

'Hoor eens.' Easy plukte een lokje haar achter Callies oor weg. Toen kuste hij een van de sproetjes in haar hals, waarna hij achterover leunde en in haar ogen keek. 'Toen ik in de kantine bagels ging halen, hoorde ik zeggen dat wíj worden verdacht van de brand. Er wordt gezegd dat wij die hebben aangestoken.' Hij fronste bezorgd zijn wenkbrauwen.

'O, dat is een gerucht dat Jenny overal verspreidt.' Callie

bloosde van woede bij de herinnering aan wat Jenny de afgelopen nacht op hun kamer allemaal had gezegd. Jenny had Callie ervan beschuldigd dat ze geen echte vriendin was, en dat ze een pyromaan was. Het was te begrijpen dat Jenny woedend was omdat Easy haar had gedumpt, en dat ze Callie graag te grazen wilde nemen. Callie was ervan overtuigd dat Jenny brand had gesticht, uit woede en jaloezie. Jenny verdiende het om van school te worden getrapt. Dan zou Callie hun kamer niet meer hoeven te delen. En dan kon ze een touwladder uit het raam laten hangen, zodat Easy elke avond stiekem naar binnen kon klimmen.

'Kom op nou toch.' Hij peuterde aan iets bruins op zijn spijkerbroek; verf, of iets ranzigs van een paard? 'Zoiets zou Jenny nooit doen.' Hij zei het zacht, alsof hij het eigenlijk niet goed durfde te zeggen.

Met tot spleetjes geknepen ogen keek ze hem aan. Hij kende Jenny natuurlijk erg goed. Twee weken lang was het aan geweest tussen die twee, maar dat wilde nog niet zeggen dat hij alles over Jenny wist... Hè, ze had helemaal geen zin in dit gesprek. Ze wilde niet denken aan Easy en Jenny. Maar goed, Jenny zou algauw uit beeld verdwijnen, als het gesprek tussen Tinsley en rector Marymount tenminste naar wens verliep. In het andere geval was er nog tijd genoeg om iets anders te verzinnen, zodat ze nooit meer aan Jenny zou hoeven denken.

'Ik vind dat ik je moet uitleggen wat er gebeurde tussen Jenny en mij. Of ik mijn excuses moet aanbieden, of...' Zijn stem stierf weg, en hij wreef met zijn eeltige duimen over zijn slapen. 'Ik bedoel, er was van alles aan de hand, en ik kon gewoon niet...'

Callie drukte een tedere kus op zijn lippen, in de hoop hem daarmee het zwijgen op te leggen.

Easy kuste haar terug, en beëindigde de kus vervolgens langzaam. Hij zag dat Callie bloosde, en meteen besefte hij dat wat hij ook zei of deed, ze nog steeds boos was op Jenny. Jenny was natuurlijk een teer onderwerp voor haar. Het was vast erg pijnlijk voor haar geweest om hem met Jenny te zien, dus was het niet verwonderlijk dat ze nog kwaad was. Maar toch... Jenny verdiende het niet om overal de schuld van te krijgen. 'Vind je niet dat we erover zouden moeten praten?' Hij ging zitten op de deken en trok haar overeind. Meteen pakte hij de roomwitte jas op.

'Sst.' Ze legde haar vinger op zijn lippen en kuste hem vervolgens weer. De zon stond al hoog aan de hemel, en wierp lange schaduwen over de vloer van de stal. 'Het is weer aan, en verder doet niets er meer toe.'

Easy deed zijn mond open om iets te zeggen, maar ze legde hem weer het zwijgen op met nog zo'n langdurige kus. Callie had gelijk. Het was weer aan, en deze keer zou er niets veranderen aan de gevoelens die hij voor haar koesterde.

5

Een Waverly Owl gebruikt geen nieuwe leerlingen

Brandon Buchanan lag op zijn dekbedovertrek van Ralph Lauren, met zijn eeltige handen van het squashen onder zijn hoofd. Ik hoef niet álles te pikken, dacht hij. Zelf kon hij bijna niet geloven dat hij iets had gezegd wat uit een film leek te komen. Meestal wist hij pas veel later wat hij had moeten zeggen, maar eindelijk was hem eens op tijd iets ingevallen. Het moment steeg boven alles uit. Hij had Elizabeth Jacobs, het leuke meisje van het St. Lucius van wie hij hoopte dat ze zijn vriendinnetje zou worden, laten weten dat als ze hun relatie open wilde houden — wat betekende dat ze kon flirten en zoenen met wie ze maar wilde — hij dat niet zou pikken. Als ze doorging op de ingeslagen weg, moest ze haar leven maar delen met gozers zoals Brian Atherton. Atherton, die klootzak.

Zijn gedachtenstroom werd onderbroken doordat er op de deur werd geklopt. Misschien was het Elizabeth die hem kwam vertellen dat het haar verschrikkelijk speet. En dat als hij het niet meer goed wilde maken, ze het klooster in zou gaan en jongens zoals Atherton voor eeuwig opgeven, of iets anders romantisch.

Hij kuchte en zette een heel mannelijke stem op. 'Binnen.'

Maar in plaats van Elizabeth' donkerblonde haar zag hij het bebaarde gezicht van Pierre Hausler, de Canadese huismeester. Iedereen noemde hem House, en hij was zo iemand die als leerling op het Waverly was gekomen om nooit meer weg te gaan. Nou ja, misschien had hij nog ergens gestudeerd. Hij was huismeester en assistent-coach van het meisjes softbalteam, en hij gaf in de onderbouw aardrijkskunde en blokfluitles. Hij zei ook heel vaak: eh...

'Komt het, eh... ongelegen?' vroeg House, die in de deuropening was blijven staan. Hij was slank en leek een beetje op Johnny Knoxville met een baard. Hij was ook best cool en maakte zich nooit druk over tot hoe laat de jongens opbleven. Hij zei ook heel vaak: komt het ongelegen?

'Nee.' Brandon ging zitten en streek door zijn korte, golvende bruine haar. 'Wat is er?'

House duwde de deur nog een eindje open, en toen zag Brandon een magere jongen die hij nooit eerder had gezien. De jongen had bruin stekeltjeshaar dat eruitzag alsof het nog nooit was gekamd, en hij hield een L.L.Bean-slaapzak vast met daarop in oranje geborduurd: SRT. Hij was niet veel groter dan Brandons halfbroertjes Zach en Luke, die elf waren en nog dachten dat er niks leukers bestond dan een supersoaker. Ze vonden het vooral geinig om Brandons labrador de volle laag te geven. Die labrador heette trouwens ook Elizabeth, en even vroeg Brandon zich af of hij zijn hond ooit nog zou kunnen roepen zonder aan dat meisje te moeten denken.

House wees met zijn duim naar de jongen. 'Dit is Sam, eh, Tri... Trigonis.' House stond erom bekend dat hij slecht namen kon onthouden, en dat was niet best voor een huismeester. Vaak gebruikte hij de kamernummers van de jongens in plaats van hun naam. 'Hij is hier voor de Open Dagen.'

Open Dagen. Er was de afgelopen week zo veel gebeurd, zoals de zoete maar kortdurende relatie met Elizabeth, en de brand in de schuur, dat Brandon helemaal was vergeten dat er een stelletje achtstegroepers zou komen die de eerstkomende dagen over het schoolterrein moesten worden rondgeleid.

'Hij zou eigenlijk bij Brian Atherton op de kamer slapen,

maar er was een, eh... incident op de squashbaan vanmorgen,' ging House verder.

Het viel Brandon op dat de jongen een blauw oog had, helemaal tot aan zijn neus. Blijkbaar had hij een bal in zijn gezicht gekregen, en goed hard ook.

House knikte in de richting van Brandon. 'Sam, dit is, eh... Brandon Buchanan.'

'Aangenaam kennis met je te maken.' Sam stapte de kamer in die Brandon deelde met Heath Ferro. Hij stak zijn hand uit als een politicus. Hij ging gekleed in een grauw geworden Harry Potter-T-shirt en een kaki broek met een vouw in de pijpen. Als hij er niet zo ernstig had uitgezien, zou hij best een leuke jongen zijn geweest. Maar nu niet.

'Eh, ook aangenaam.' Brandon zette zijn in Perry Ellis-sokken gestoken voeten op de houten vloer en schudde de hand van de jongen.

House lachte hoopvol naar Brandon. 'Dus je vindt het niet erg om hem, eh... alles te laten zien, misschien ook iets anders dan de, eh... squashbaan?' Hij legde zijn forse handen op Sams schoudertjes. 'Ik zal je er, eh... dankbaar voor zijn.'

Brandon slaakte een diepe zucht, en House liep de gang op, met achterlating van de jonge nerd, wiens bruine veterschoenen uitstaken onder zijn net iets te korte broek.

'Leuke kamer,' zei Sam verlegen. Hij keek om zich heen, en zijn ogen lichtten op toen hij Heath' PSP op diens onopgemaakte bed zag. Verwachtingsvol keek hij Brandon aan, net zoals Elizabeth (de hond... dit werd echt verwarrend) deed wanneer ze wilde dat Brandon een tak gooide. Brandon vroeg zich al af of hij deze achtstegroeper ook kon commanderen, met: zit, of: blijf! Maar alleen rotzakken zoals Ferro gingen op die manier met anderen om.

'Dus, eh... waarom wil je naar het Waverly?' vroeg Brandon terwijl hij zijn geruite dekbed rechttrok. Zoiets zou wel eens in de Gids van het Waverly kunnen staan, als het juiste ding voor Owls om te zeggen.

'Meiden,' antwoordde Sam.

Brandon lachte verbaasd. 'Zijn er geen meisjes op je school?'

'Droogverleidsters.' Sam legde zijn slaapzak op de grond en ging op Heath' rommelige bed zitten. Hij pakte de PSP en drukte op de knopjes. 'Allemaal droogverleidsters.' Liefkozend liet hij zijn duim over de vierpuntsdruktoets gaan.

'Zulke meisjes hebben we hier ook.' Brandon knikte wijs. 'Je mag best spelen, hoor,' voegde hij eraan toe.

Gretig zette Sam de PSP aan, en ever later klonk het muziekje van *Spider-Man 3*.

'Dat vindt Heath niet erg,' zei Brandon. Ha! Als Heath zou weten dat Brandon een knulletje uit groep 8 op zijn dierbare bezit liet spelen, zou hij de muur aan Brandons kant volkladderen met lelijke woorden. Met Brandons pommade. Dat had hij al eens gedaan in het eerste jaar hier.

'Overal zijn droogverleidsters,' zei Sam terwijl zijn duimen druk in de weer waren. 'Maar hier schijnen ze sexyer te zijn.' Hij rukte zijn blik los van het schermpje en keek Brandon aan. 'Zijn er nog andere spelletjes dan *Spider-Man 3*? Dat heb ik al uitgespeeld.'

Brandon streek door zijn haar en knipperde met zijn goudbruine ogen. Wat moest hij een heel weekend doen met deze nerd van een whizzkid? Juichen terwijl hij het ene spelletje na het andere uitspeelde? Discussies houden over de voor- en nadelen van meisjes van de middelbare school en die in de achtste groep?

Op dat moment werd de deur open geschopt. Daar stond Heath, met een grijs Ridgefield Prep-T-shirt aan met een enorme zweetplek op de borst. 'Wat moet dat betekenen?'

'Dit is Sam, hij is hier voor de Open Dagen.' Brandon trok

zijn neus op. Heath rook naar rotte asperge en gorgonzola. Gebruikte hij dan nooit deodorant? Brandon had ooit een gloednieuwe staaf Speed Stick op Heath' nachtkastje gezet, met een plakkertje erop waarop stond: PROBEER DIT EENS. De volgende dag was de deodorant verdwenen, en stond er een bus ontharingsspul naast Brandons bed met een plakkertje erop waarop stond: PROBEER DIT EENS OP JE BALLEN. Daarna had Brandon het maar opgegeven om Heath een beetje hygiëne bij te brengen.

'Ga van mijn bed af,' bracht Heath hijgend uit. Hij trok zijn shirt uit en gooide het op de grond.

Sam stond gauw op en kwam bij Brandon staan.

'Je gaat heus niet dood van een douche,' mopperde Brandon terwijl hij het raam openzette. 'En was je vuile kleren eens, straks beschimmelen ze nog.' Meestal sloeg hij niet zulke taal uit tegen Heath, maar nu was er publiek bij.

'Neem mijn kleren maar mee als je toch je japonnetjes naar de stomerij brengt.' Heath' groene ogen fonkelden ondeugend, en hij bewonderde zijn aangespannen armspieren voor de spiegel. 'En niet te veel stijfsel graag.' Toen keek hij naar Sam, die aan zijn gezwollen neus voelde. 'Wat is er met je gok gebeurd?'

'Die zat vast in een wolvenklem,' antwoordde Sam uitdagend.

Brandon grinnikte. Dit joch had pit. 'Nou, eigenlijk heeft hij Athertons squashracket tegen zijn smoel gekregen.'

'Pech. Maar leuk gezegd, jong.' Heath sloeg zijn arm om Sam en drukte hem tegen zijn naakte en bezwete borst. Hoewel het al oktober was, was Heath nog mooi bruin, alsof hij net van de Cariben was gekomen.

Heath pestte Brandon dan wel met zijn schoonheidsproducten, maar Brandon vermoedde dat Heath stiekem ook zo'n product gebruikte: een zelfbruiner. Je moest je flink insmeren om zo bruin te blijven.

'De meisjes hier zijn dol op nieuwe leerlingen. Toen ik hier kwam kijken, was het heel erg gaaf,' ging Heath verder. Eindelijk liet hij Sam weer los.

Kreunend liet Brandon zich op zijn geruite dekbed ploffen. Voorzichtig schoof hij zijn John Varvatos-instappers onder het bed, zodat Heath of Sam er niet op kon trappen. 'Jezus, toch niet weer dat verhaal over Juliet van Pelt?' mopperde hij.

'Jammer dat het jou niet is overkomen, hè? Maar het had iedereen kunnen gebeuren, mits hij zijn stinkende best maar had gedaan.' Er verscheen een weemoedige blik in Heath' ogen, en hij ging op zijn bed zitten, klaar om het welbekende, ranzige verhaal te vertellen.

'Het was een heel erg warme herfst,' begon hij. Hij was gaan liggen met zijn hoofd op zijn armen gesteund. Toen rook hij even aan zijn oksel om te controleren of de geur wel mannelijk genoeg was. 'Ik was nog jong, ongeveer zo oud als jij nu bent. Ik gaf oudere jongens geld om de *Playboy* en de *Penthouse* voor me te kopen.'

Brandon keek geërgerd, maar dat leek Heath niet te merken.

Nog steeds met die weemoedige blik keek Heath naar het gipsen ornament in het plafond. 'Ze was het eerste meisje dat ik hier zag. Toen ik haar eenmaal had gezien, kon ik mijn ogen niet meer van haar af houden. Ze was met een paar vriendinnen een frisbee aan het gooien. Ze droeg een gele bikini, en ze sprong op met de gratie van een sexy gazelle. En die tieten... Ze leek op de modellen in die tijdschriften, maar zij was écht. Juliet van Pelt...' Hij schudde zijn hoofd, alsof haar naam alleen al hem in vervoering bracht.

Sam ging op de grond zitten en leunde tegen Brandons bed. Vol ontzag keek hij op naar Heath.

Brandon stond op en haalde zijn Dunlop-squashracket uit de kast. Als het uit de hand liep, kon hij daarmee Heath op zijn kop slaan.

'Ik wist precies wat ik moest doen. De tijd leek stil te staan terwijl de frisbee door de lucht vloog. Ik greep hem, en liep vervolgens recht op haar af. Ik vertoonde geen spoor van angst. Ik zei dat als ze haar frisbee terug wilde, ze mij iets moest geven.' Heath ging rechtop zitten. Ineens keek hij Sam ernstig aan. 'En dat deed ze. Die nacht werd ik een man. Ik zal haar nooit vergeten.'

'Echt waar?' Sam straalde van bewondering. Hij zag eruit als een weesjongen die net heeft ontdekt dat hij tóch een vader heeft.

'Jazeker.' Heath wreef over zijn stoppelige kin en knikte wijs, net een boeddhistische monnik voor wie Sam de halve wereld over was gereisd om hem te raadplegen. 'En dat gebeurt jou dit weekend. Je leven zal totaal veranderen.' Weer kreeg hij die afwezige en weemoedige blik in zijn ogen. 'Ik ben geworden tot de man die ik nu ben vanwege die ene, geweldige nacht.'

Het leek wel een slechte tienerfilm. Brandon geloofde geen moment dat de dertienjarige Heath op een sexy bovenbouwer was toe gestapt en haar zover had gekregen met hem naar bed te gaan, en dat op zijn eerste dag op het Waverly.

'Ga je ervoor?' vroeg Heath terwijl hij een modderige Adidas-sportschoen uitschopte.

De schoen kwam tegen Sams been aan, maar dat leek hij niet erg te vinden. 'Ik ga ervoor,' zei hij. Het klonk zo opgewonden dat het leek alsof hij het bijna in zijn broek moest doen.

Buiten klonk meidengegiechel. Meteen sprong Heath op en stak zijn hoofd uit het raam. 'Liefde te koop!' riep hij zo hard hij kon. 'Ranzige liefde te koop!'

De meisjes slaakten opgetogen gilletjes en gingen ervandoor.

Brandon leunde tegen zijn Tempur-Pedic-kussen en deed zijn best niet te letten op de bijna-ramp die zich voor zijn ogen voltrok. Heath, mentor van een nieuwe leerling?

Heath trok Sam overeind en duwde hem naar het raam. 'Wat je ook doet, ga niet achter een onderbouwer aan. Die weten van toeten noch blazen,' klonk Heath' wijze raad. 'Kijk, daar, dat is beter.' Hij wees naar iemand die Brandon niet kon zien. 'Hé, dames!' riep Heath.

'Ze negeren je,' fluisterde Sam, en hij gaf Heath een por met zijn elleboog.

'Dat is onderdeel van deze ingewikkelde vorm van hofmakerij,' fluisterde Heath terug. 'Het gaat niet om mij, dames,' riep hij naar de arme meisjes. 'Sam is op zoek naar de liefde, en hij heeft zich tot de meester gewend voor advies.'

'De meester? In masturberen zeker?' vroeg een meisjesstem.

Brandon schoot in de lach, met het squashracket voor zijn gezicht.

'Hé, dat is vrijen met je allergrootste liefde!' riep Sam terug. Hij keek Heath aan. 'Zoiets zeggen ze in *Annie Hall.* Dat is de lievelingsfilm van mijn vader. Ik heb hem al negen keer gezien.'

'Nee!' Heath trok Sam aan de kraag van zijn Harry Pottershirt weg bij het raam. 'Op meisjes moet je geen teksten uit films loslaten,' zei hij waarschuwend. 'Dat snappen ze toch niet.' Hij liep naar de kast, en keek om naar Sam, die eruitzag alsof hij al deze wijze woorden het liefst zou opschrijven in een schriftje. 'Je moet nog heel veel leren, en veel tijd hebben we niet.'

Hij pakte een schoon shirt en ging Sam toen voor door de gang terwijl hij een preek afstak over hoe belangrijk het was om gevat te zijn, en goed uit je woorden te komen. Maar dat je ook moest weten wanneer je je mond moest houden.

Brandon ging met een zucht op zijn rug liggen, blij om weer alleen te zijn. Hij had schoon genoeg van die stinkende, luidruchtige Heath Ferro, met zijn belachelijke verhalen over zijn overwinningen, en met zijn preken over romantiek. Aan de andere kant, zelf had Brandon ook weinig succes op het romantische vlak. Misschien kon hij ook wel een lesje gebruiken, van een meisje dat iets meer over de bloemetjes en de bijtjes wist dan hij. Daar waren er hier genoeg van. Hij moest alleen nog het juiste meisje zien te vinden.

Owlnet instant message inbox

AlisonQuentin: Het is zaterdagavond elf uur. Weet jij waar je kinderen zijn?

AlanStGirard: Het is griezelig stil, hè?

AlisonQuentin: Misschien houdt iedereen zich koest vanwege gisteravond?

AlanStGirard: Ik wil me best koest houden bij jou in bed...

AlisonQuentin: Foei toch!

AlanStGirard: Betekent dat ja?

AlisonQuentin: Uiteraard!

6

Een Waverly Owl beseft dat je af en toe je excuses moet aanbieden

Zondagmiddag liep Callie kwiek over het pas gemaaide gazon. Het speet haar dat ze de vervelende nieuwe leerling niet van zich af kon schudden. Het meisje leek al vanaf de brunch met haar vergroeid te zijn. De hakken van Callies Lanvin-pumps zonken weg in het gras, maar als ze het pad nam, zou de wandeling naar Dumbarton nog meer tijd in beslag nemen, en ze wilde zo gauw mogelijk van Chloe af zijn. Ineens zag ze een jong uitziend meisje onder een boom zitten lezen, en ze dacht erover Chloe naar haar toe te sturen en haar op te dragen vriendschap te sluiten.

'Zeg,' bracht Chloe hijgend uit. Ze had duidelijk moeite om Callie bij te houden. De klimop die tegen de schoolgebouwen aan groeide, hulde zich in herfsttooi, zodat er geen groene waas over de gebouwen hing, maar een rode. De dorre bladeren ritselden onder hun voeten. 'Wat gaat er gebeuren met degenen die de brand hebben gesticht?'

Callie haalde een papieren zakdoekje uit de zak van haar duifgrijze Helmut Lang-jack en deed alsof ze haar neus snoot. Alison had aangeboden dit meisje rond te leiden over het schoolterrein, maar tijdens de brunch was ze plotseling opgestaan en had gezegd dat ze ging 'leren' met Alan. Ze had de nieuwe leerling toevertrouwd aan Benny en Sage. Maar toen die zeiden dat ze gingen zuipen op hun kamer, had Chloe verlegen gevraagd waar ze naartoe moest. Dus had Callie in een

moment van zwakte aangeboden haar een poosje rond te leiden.

Maar dat betekende toch niet dat ze aldoor maar op dit meisje moest passen?

'Ik weet het niet.' Callie stopte het zakdoekje terug in haar
jaszak. Onder het lopen kroop haar witte Elie Tahari-mini-
rokje een beetje op. Ze zou dolgraag iets anders aantrekken,
maar ze wilde Chloe niet meenemen naar haar kamer tenzij het
echt niet anders kon. Ze was niet gepast gekleed voor oktober,
maar dit was de eerste keer dat ze zich sinds de brand in de kantine had laten zien. En ook de eerste keer dat ze zich in het
openbaar had vertoond sinds Easy en zij halfnaakt uit de brandende schuur waren gevlucht. Dus had ze er op haar best willen uitzien. 'Ze zullen wel van school worden getrapt, of worden gearresteerd. Misschien wel allebei.'

Callie voelde zich moe. Easy en zij hadden de vorige dag en
de hele nacht doorgebracht in verscholen plekjes. Om maar
niet over Jenny of de brand te hoeven praten, had Callie besloten voorlopig alleen maar met Easy te vrijen. Dat kostte haar
trouwens weinig moeite. Het was alleen vervelend dat ze dat
niet gewoon op hun kamer konden doen. Callie wilde best een
vriendje, maar niet voortdurend kamperen.

'Denk je dat ze naar de gevangenis moeten?' vroeg Chloe,
die bijna moest rennen om Callie bij te houden toen ze tussen
twee voetballende onderbouwers door liep. Ze droeg een don-
kergroene coltrui.

Callie moest echt haar best doen die col niet over Chloes kop
te trekken. Hield dat kind dan nooit eens haar mond? 'Ik weet
het niet,' zei ze. Ze lachte naar de leukste van de twee onderbouwers, die braaf de voetbal vasthielden totdat Callie en
Chloe voorbij waren. Ze voelde hun blikken in haar rug prik-
ken toen ze verder liep. Een knappe vriend doet echt wonde-
ren voor het zelfvertrouwen.

'Of denk je dat ze een taakstraf krijgen opgelegd?'

Dit meisje kon echt geen moment haar mond houden. 'Ik weet het niet.' Callie zou het niet erg vinden als Jenny in de cel belandde, met zo'n oranje overall aan die haar heel slecht zou staan. Tinsley had Callie verteld dat het gesprek met de rector op niets was uitgedraaid. Dus moesten Callie en Tinsley een alternatief plan bedenken. Omdat Callie zo geconcentreerd was geweest op Easy, had ze er verder niet meer over nagedacht. Tinsley zou teleurgesteld zijn dat ze nog geen listig plannetje had verzonnen.

'Hé, Callie!'

Callie draaide zich om en zag Tinsley voor haar staan. Als je van de duivel spreekt...

Tinsley zag er mooi uit in een kort tennisjurkje van Nike, het wit extra stralend tegen haar gebruinde huid. Haar glanzende zwarte haar kon zo uit een reclame voor Pantene Pro-V komen, en zat in een hoog staartje. 'Wie is dit?' Tinsley wees met haar tennisracket beschuldigend op Chloe, die in elkaar kromp alsof het racket een mes was.

Maar het viel Callie toch op dat Chloe bewonderend naar Tinsley keek. Callie fronste geërgerd haar wenkbrauwen. Was er nou echt niemand die Tinsley niet bewonderde, ook al waren ze allemaal bang voor haar?

'Een nieuwe leerling, voor de Open Dagen,' antwoordde Callie toonloos. 'Chloe, dit is Tinsley.'

Tinsley nam het meisje aandachtig op. 'Het lijkt wel alsof ik je al eens eerder heb gezien,' zei ze. 'Ben je hier al eens geweest?'

Chloe schudde haar hoofd, diep onder de indruk dat de geweldige Tinsley Carmichael het woord tot haar richtte.

'Tot straks, Tinsley,' zei Callie, die naar Dumbarton wilde, waar ze van plan was Chloe af te schuiven op de eerste de beste die ze tegenkwam.

'Tot straks.' Tinsley stak bij wijze van groet het racket omhoog en liep verder naar de tennisbaan.

Callie stormde de treden voor Dumbarton op, gooide de deur open en keek om zich heen naar een slachtoffer.

Alleen was er niemand in de lobby, en dat was vreemd, zelfs voor een zondag. Meestal zaten er meisjes popcorn te eten en films te kijken op de leren banken, of roddelden met hun boek open op schoot terwijl ze deden alsof ze samen huiswerk maakten. Het was nooit zo stil als nu. Het leek op een horrorfilm, als iedereen al dood is en de moordenaar zich heeft verstopt en wacht op het laatste slachtoffer.

Maar toen zag Callie een paar roze sokken met lieveheersbeestjes over een leuning bengelen.

Het was Brett, die naar haar iPod luisterde en een stukgelezen exemplaar van *De vanger in het graan* las. Soms begon Brett gewoon in het midden, of aan het eind. Brett noemde Callie soms Stradlater, Holden Caulfields verschrikkelijke kamergenoot. Hoewel, dat was vroeger. Tegenwoordig wisselden ze nauwelijks nog een woord.

Callie wilde net aan Bretts voet trekken toen haar ineens te binnen schoot dat ze in een dronken bui iedereen had verteld over Brett en Kara. Ze voelde zich erg rot toen ze naar Brett keek die haar lievelingsboek las met die belachelijke sokken aan. Zou Brett weten dat Callie alles had rondgebazuind?

Brett sloeg de bladzij om en schrok toen ze Callie zag staan. Ze trok een oortje uit haar oor, waar zacht een nummer van Nine Inch Nails uit klonk.

'Hoi,' zei Brett koeltjes. Haar groene ogen fonkelden, en ze sloeg haar armen over elkaar. 'Ga je nog meer van mijn hartsgeheimen aan iedereen vertellen?'

Nou, dat was het antwoord op haar vraag. 'Hoi.' Iets anders wist Callie niet te verzinnen.

Bretts lippen waren glanzend rood, waardoor haar bleke

gezicht nog bleker werd. Het ging Brett dit jaar niet voor de wind, dacht Callie. Eerst dat gedoe met meneer Dalton, toen Jeremiah die met iemand anders naar bed was geweest, en nu al die roddels dat ze lesbisch zou zijn.

Met een blik probeerde Callie zich te verontschuldigen. 'Ik... Ik vroeg me af of jij Chloe zou willen rondleiden.' Ze hoopte dat het als een vraag klonk, en niet als een bevel.

'Chloe? Wie is dat?' vroeg Brett niet-begrijpend. Ze ging rechtop zitten en trok haar gerafelde witte trui met V-hals van C&C recht.

Met een ruk draaide Callie zich om. Chloe was weg. 'Daarnet was ze er nog...'

'Nieuwe kamergenoot?' Brett trok haar wenkbrauwen op.

Callie lachte. Na de ramp met Jenny hadden ze allebei weinig zin in een nieuwe kamergenoot. 'Nee, ze is hier voor de Open Dagen. Sage en Benny hebben me met haar opgezadeld. Misschien is ze even naar de plee,' voegde ze er schouderophalend aan toe.

Brett friemelde aan haar iPod.

Callie bleef naast de bank staan, en liet zich toen neerploffen in de gemakkelijke stoel tegenover Brett. Ze speelde met de rits van haar jack, en haalde diep adem. 'Hoor eens, ik wil mijn excuses aanbieden voor wat er vrijdagavond is gebeurd. Ik was dronken. Ik weet dat dat geen excuus is, maar normaal gesproken zou ik zo'n geheim nooit verklappen. Dat weet jij ook wel.'

Brett keek Callie uitdrukkingsloos aan.

Callie bereidde ze zich al voor op een woedende uitval. 'Ik... ik... ik weet niet wat ik had,' zei ze snel. Ze deed haar handen in haar zakken, en haalde die er gauw weer uit omdat ze zich het vieze zakdoekje herinnerde. 'Ik weet best dat ik niks had mogen zeggen. Het was heel afschuwelijk dat ik alles heb verklapt, en het spijt me dan ook zeer. Als ik het kon terugdraaien, zou ik dat zeker doen.' Het was niet prachtig verwoord, maar Callie voelde zich een stuk beter toen ze het eenmaal had gezegd. Ze wist dat ze het nooit echt kon goedmaken, want de schade was al aangericht, maar het leek alsof er iets van haar af viel, gewoon door te zeggen dat ze er spijt van had. En dat meende ze oprecht. Ze kon nooit goed excuses aanbieden, maar nu wilde ze het dolgraag goedmaken met Brett.

'Het doet er niet toe.' Brett haalde haar schouders op, en speelde met een lok vuurrood haar. 'Het maakt me toch niet uit wat mensen van me denken.' Ze keek Callie onderzoekend aan, alsof ze erachter wilde komen of ze het wel meende. 'Nou ja, oké, ik vergeef het je.'

De tranen sprongen in Callies ogen, en het liefst had ze Brett stevig omhelsd. Maar toen hoorde ze Chloes New Balance-sportschoenen piepen op de parketvloer.

Ze maakte een hoofdgebaar in de richting van de eventuele nieuwe leerling. 'Dat is nou Chloe.' Ze ontmoette Bretts kat-achtige blik en haalde verontschuldigend haar schouders op.

Brett legde het boek vol ezelsoren op haar schoot en zwaaide naar Chloe, waarbij haar goudgelakte nagels glansden.

'Ik ben dol op dat boek.' Verlegen keek Chloe naar de grond.

'Ik ook,' reageerde Brett lachend.

Prima. Ze hadden iets gemeen. Callie stond op, trok haar minirokje naar beneden en hoopte dat ze niet net zoveel liet zien als Britney Spears tegenwoordig deed. 'Vind je het erg?'

Brett keek Callie geërgerd aan, maar Callie zag dat ze het niet echt vervelend vond. 'Ik pas wel op haar,' zei Brett.

'Fijn.' Callie draaide zich om en liep met klikklakkende hakken door de gang weg, opgetogen dat Brett haar had vergeven.

Het was weer aan met Easy, en Brett en zij waren weer vriendinnen. Alles was bijna zoals het vroeger was. Bijna. Als Tinsley en zij ervoor konden zorgen dat Jenny Humphrey uit hun leven verdween, zou alles weer helemaal goed zijn.

7

Een Waverly Owl houdt eventuele nieuwe leerlingen aangenaam bezig, en brengt hen ook nog iets bij

Op haar sokken liep Brett door de gangen van Dumbarton, met Chloe achter zich aan.

Chloe praatte honderduit over Holden, die zijn ouders had voorgelogen en stiekem ronddwaalde door New York nadat hij van kostschool was getrapt. 'Heeft iemand van het Waverly wel eens zoiets gedaan?' vroeg ze.

'Eh… Ik geloof van niet.' Brett keek achterom naar de eventuele brugpieper, die haar een beetje deed denken aan Reese Witherspoon in *Election,* een van haar lievelingsfilms. Reese speelde een ambitieus, op het eerste gezicht zakelijk meisje dat zich verkiesbaar had gesteld als klassenvertegenwoordiger, en die vuile trucjes uithaalde om te krijgen wat ze wilde. Maar Chloe leek veel te lief en onschuldig om zoiets te doen, vooral toen ze het met die ongelovige blik in haar grote blauwe ogen had over zonder toezicht door New York dwalen.

Daar had Brett al vaak van gedroomd, om van school te worden getrapt en dan niet naar het enorme huis van haar ouders in New Jersey te gaan, maar een wild leven te leiden in Manhattan, om helemaal alleen in een hotel te logeren en zich met artistieke schrijvers en kunstenaars te bezatten in een vunzige kroeg. Dat leek allemaal onwijs aantrekkelijk.

Hoewel… Haar ouders zouden haar laten opsporen en zouden haar eigenhandig wurgen. En dan zou ze in een jurkje met zebramotief worden begraven. Nee, dank u.

Terwijl ze een hoek omsloegen, zag Brett dat Kara's deur op een kier stond, net groot genoeg om een geurkaars te ruiken die naar aardbei stonk, en de laatste akkoorden te horen van een nummer van The Shins. Brett glimlachte. Kara en zij hadden gisteren de hele dag rondgehangen op haar kamer. Ze hadden strips gelezen, en op de laptop naar dvd's gekeken, en af en toe gezoend. Na zich vierentwintig uur te hebben schuilgehouden voor hun roddelende medeleerlingen voelde Brett zich veel prettiger. Met Chloe erbij konden Kara en zij niet alleen zijn, maar het was altijd beter om met Kara samen op dit meisje te passen dan in haar uppie.

Brett klopte niet, maar liep meteen naar binnen. Zoals gewoonlijk was de kamer keurig opgeruimd en een beetje kaal. Ze snapte niet hoe Kara haar bureautje zo netjes hield. Er stond alleen een dichte laptop op, en een houder met pennen. Kara lag opgekruld op haar Batman-dekbed, haar hoofd op een blote arm, en voor zich een kleurig stripboek. Het nummer van The Shins was afgelopen, en nu kwam er een nummer van The Decemberists waar Brett nooit de naam van kon onthouden door de speakers van Kara's iPod-dockingstation.

'Hoi.' Kara lachte toen ze Brett zag en hief haar hoofd een beetje op. Vervolgens ging ze zitten en trok haar antracietkleurige T-shirt goed. In artistieke letters stond erop gedrukt: BROOKLYN.

Meteen herinnerde Brett zich dat Kara had beloofd haar mee te nemen naar Dumbo om een bezoekje te brengen aan haar moeder, die kleding ontwierp. Ze vroeg zich af hoe Kara haar zou voorstellen. Hoi mam, dit is mijn minnares Brett?

'Ik rook de kaars al van mijlenver. Je weet toch dat Pardee je daarvoor vreselijk op je kop zou geven?' Brett gebaarde naar de kaars op het nachtkastje. Je mocht geen kaarsen branden op je kamer, en Angelica Pardee, de huismeester van Dumbarton, stond erom bekend dat ze onverwacht voor de deur kon staan, en je briefjes in de hand drukte waarop stond wat je allemaal had misdaan. Brett vermoedde dat Pardee een kast vol gedeeltelijk opgebrande kaarsen had die ze aanstak wanneer ze een bubbelbad nam en goedkope merlot slobberde.

'Die kaars geurt sterker dan ik dacht,' legde Kara uit. Ze schoof haar benen van het bed en boog zich naar het nachtkastje. Vervolgens hield ze haar hand achter de vlam en blies de kaars uit, waardoor er een beetje rook naar het plafond kringelde. 'Er stond op dat de geur heel licht zou zijn.'

'Hij stinkt naar goedkope snoep,' zei Chloe, die op het witte kleedje in het midden was gaan staan.

Kara leunde achterover en lachte de lach waar Brett zo dol op was. Zo zag Kara eruit alsof zij iets wist en jij niet. Kara stak haar handen in de zakken van haar verweerde zwarte Dieselbroek. 'Wie is dat?'

'Dat is Chloe. Ze is hier voor de Open Dagen.'

'Hoi, Chloe.' Kara trok haar benen op en gebaarde naar het bed.

Chloe liet het zich geen twee keer zeggen en ging meteen zitten, met haar benen bungelend over de rand.

Brett plofte neer op de beanbag in de hoek.

'En, wat vind je van het Waverly?' Kara pakte een geel schuifspeldje uit de la van haar nachtkastje en schoof dat in haar donkerblonde haar, zodat het niet meer voor haar gezicht viel.

Brett was altijd een beetje jaloers op meisjes die dat konden zonder in de spiegel te hoeven kijken.

'Leuk.' Chloe pakte een strip van de X-men op en bladerde erdoor.

De vorige dag had Kara gezegd dat Magneto leuker was dan Wolverine, herinnerde Brett zich met een glimlach.

'Iedereen is erg aardig,' ging Chloe verder.

'Nou, dan heb je zeker nog niet iedereen leren kennen,' reageerde Kara zuur.

Brett lachte.

'Het lijkt eerder alsof ik al wel iedereen ken,' merkte Chloe een beetje verdrietig op. Ze keek naar een ingelijste zwart-wit foto van de jonge Bob Dylan, met een woeste kop vol krullen. Hij hield een bord vast waarop stond: LOOK OUT.

'Ik bedoel, ik loop hier al een poosje rond, en iedereen schuift me door naar een ander...' Chloe sloeg haar armen over elkaar. 'Niemand wil met me optrekken.'

'Wat rot voor je,' zei Kara. Ze shifte voorbij een nummer van Iron & Wine, omdat dat Brett deed denken aan Jeremiah, en die avond in bed met hem.

Zou het altijd zo blijven, zou Brett bij het horen van bepaalde nummers altijd worden herinnerd aan de fouten die ze had gemaakt? Billie Holliday deed haar denken aan Eric Dalton, Iron & Wine aan Jeremiah, en als het zou misgaan met Kara, zou ze nooit meer naar Bob Dylan kunnen luisteren. Tegen de tijd dat ze twintig was, zou ze gebukt gaan onder een enorme hoeveelheid muzikale bagage.

'Volgens mij heb ik vrijdag een heel tof feest gemist, hè?' flapte Chloe eruit. 'Waren jullie erbij toen de schuur in de fik vloog?'

'We waren er allemaal bij.' Kara pakte het stripboek en bladerde er achteloos in, alsof er elke dag brand uitbrak op het Waverly.

'Zat je binnen? Moest je rennen voor je leven?' Chloe zette grote ogen op en wipte opgewonden op het bed.

Brett lachte en leunde achterover op de beanbag. Ze kon zich eindelijk ontspannen. Zaterdag had ze veel te heftig gereageerd, en nu was ze blij dat ze Kara niet had verteld over haar zorgen. Iedereen maakte zich druk om de brand, niemand dacht meer aan twee meisjes die elkaar hadden gezoend. 'Als we in de schuur waren geweest, waren we nu dood.'

'Maar ik heb gehoord dat er wél mensen binnen waren,' zei Chloe zakelijk. Ze leunde met haar rug tegen de muur achter Kara's bed.

'Wie dan?' Brett verschoof op de beanbag. Ze had nooit geweten dat zo'n ding zo ongemakkelijk was. Het leek wel alsof ze op een zak diepvrieserwten zat.

Chloe lachte geheimzinnig. 'Nou, een heleboel, hoor. Easy, Callie, Jenny en Heath, en ook nog een jongen die Julie heet of zoiets.'

Kara barstte in lachen uit.

'Wat nou?' vroeg Chloe beledigd.

'Julian,' verbeterde Kara haar. 'Hij heet Julian.'

Chloe bloosde diep. 'Nou ja, ik heb gehoord dat zij er allemaal waren. Maar misschien heb ik het verkeerd begrepen.'

'Ik denk niet dat al die mensen ín de schuur waren,' merkte Brett achteloos op. Jenny? Ze had Jenny dit hele weekend niet gezien. Maar Brett had dan ook het grootste gedeelte met Kara doorgebracht. 'Er werd een film vertoond bij de schuur. Die brand was een ongeluk.'

'Er is een aansteker gevonden die van een van de leerlingen zou zijn.' Chloe knikte heftig, waardoor haar zachte blonde haar om haar schouders wipte. 'Brandstichting,' fluisterde ze onheilspellend.

Brett keek Kara eens aan, die haar wenkbrauwen optrok. Blijkbaar had Chloe inderdaad bijna iedereen leren kennen, en ze had ontzettend veel gehoord.

'Misschien zat er iemand in de schuur,' zei Kara terwijl ze met haar nagels tegen het houten hoofdeinde tikte. 'Waarschijnlijk liep iedereen er die avond in en uit. Om te zoenen en zo.' Ze keek Brett veelbetekenend aan, en Brett bloosde diep.

Gelukkig leek het Chloe niet op te vallen. Ze sprong op en keek naar de boeken in Kara's witte Ikea-boekenkast.

Alle kamers beschikten over standaard meubilair: een bed, een ladekast, een bureau, een boekenplankje en een houten stoel, allemaal met het merkteken van het Waverly erop. Maar Kara had ook eigen meubeltjes.

'Wat heb je veel boeken.' Chloe liet haar vinger dwalen over de boeken die in alfabetische volgorde stonden. 'Waar gaat dit over?' vroeg ze, en ze trok *Mrs. Dalloway* van Virginia Woolf uit de kast.

Kara grijnsde ondeugend en keek Brett tersluiks aan. 'O, dat gaat over twee vrouwen die verliefd zijn op elkaar, maar niet samen kunnen zijn omdat ze anders zouden worden uitgestoten.' Ze pakte de ChapStick die altijd in het bovenste laatje van haar nachtkastje lag en smeerde haar lippen dun in. Zo zag ze eruit om te zoenen. 'Ze worden gedwongen tot een huwelijk zonder liefde.'

'O,' zei Chloe een beetje verschrikt. Ze hield het boek een eindje van zich af, alsof ze zich eraan kon branden.

'Je mag het wel lenen, hoor,' bood Kara aan. Ze keek er plagerig bij.

Brett onderdrukte een giechel. Chloe was best lief, maar Kara had gelijk. Als ze zich hier slecht op haar gemak ging voelen, zou ze misschien uit zichzelf weggaan, en konden Kara en Brett alleen zijn.

Blozend zette Chloe het boek terug op de plank. 'Nee, dat hoeft niet, hoor.'

'Misschien wordt het tijd om eens op zoek te gaan naar Alison,' zei Brett met een veelbetekenende blik op Chloe.

'Waar is die dan?' vroeg Kara.

Brett zei zonder geluid te maken: Alan.

'O...' Kara knikte. 'Ze moest toch huiswerk maken?'

Chloe keek teleurgesteld. 'Ja...' zei ze. Ze liep weg bij de boekenkast. Ze zag eruit als een puppy die naar huis moet terwijl de andere hondjes mogen blijven buitenspelen.

Brett liep met Chloe mee naar de deur en duwde haar zowat de gang op. 'Je kunt Alisons kamer toch wel vinden?' Zonder op antwoord te wachten deed ze de deur dicht en keek met een grijns naar Kara, blij dat ze niet in de tijd van Virginia Woolf leefde.

8

Een Waverly Owl beseft dat bezoekers van de Open Dagen van nut kunnen zijn

Brandon trok zijn bezwete Nike-shirt uit en gooide het in de witte mand van de Pottery Barn. Die zat al boordevol met wasgoed. Normaal gesproken maakte hij gebruik van de wasservice van het Waverly, maar omdat het de laatste tijd zo'n gekkenhuis was geweest, had hij al een hele poos geen tijd gehad de vuile was af te leveren. In elk geval was het stil in de kamer nu Heath Sam de school liet zien, in een poging de jongen te herscheppen naar zijn eigen beeld. Alsof één Heath Ferro nog niet genoeg was... Algauw zouden er twee zijn. Brandon zag al voor zich dat hij hen na middernacht voederde, en er duizenden ranzige Heath Ferro's ronddarden op het schoolterrein, net zoiets als Gremlins.

Hij pakte zijn Acqua di Gio-deodorant en deed het onder zijn oksels. Hij moest voortdurend aan Elizabeth denken, en twijfelde eraan of hij wel de juiste beslissing had genomen toen hij haar de les las. Daarom was hij deze middag gaan squashen om energie kwijt te raken. Hij wist dat hij Elizabeth zou vergeten zodra hij een ander leuk meisje leerde kennen. Maar omdat er maar weinig beschaafde meisjes op het Waverly waren, zou hij nog wel een poosje last blijven houden van rondspokende gedachten in zijn hoofd, en dus veel moeten squashen.

Er werd bescheiden op de deur geklopt. Brandon liep naar de kast, in de hoop dat hij nog een net wit overhemd kon aantrekken voordat Sam zou binnenkomen en pesterig zeggen dat hij zijn borsthaar zeker had afgeschoren, zoals Ferro altijd deed. 'Binnen,' zei hij.

Nog voordat hij een shirt uit de la kon pakken, ging de deur al open.

'Ben jij de kamergenoot van Alan?' Een klein meisje met grote blauwe ogen stond in de deuropening. Ze keek om zich heen, en toen ze Brandons bezwete borst zag, sperde ze haar ogen wijder open.

Intuïtief hield Brandon het T-shirt voor zich. Niet dat hij nou zo preuts was, hij had de laatste tijd veel met gewichten getraind in een poging gespierder te worden dan Julian McCafferty, de onderbouwer die nog maar pas in het squash-team zat, en de eerste echte bedreiging voor Brandons positie in drie jaar vormde. De laatste tijd vond hij dat hij er aardig gespierd begon uit te zien, en zelfs Elizabeth was het opgevallen. Maar dit meisje kon niet veel ouder zijn dan dertien, en het leek heel verkeerd om halfnaakt te zijn waar ze bij was.

'Bedoel je Alan St. Girard? Die deelt een kamer met Easy Walsh, verderop in de gang. Waarom wil je...'

Voordat Brandon de zin kon afmaken, klonk er gejoel.

'Brandon, jongen, laat dat meisje met rust!' Heath storm-de de kamer in met Sam op zijn hielen. Hij hief zijn hand op voor een high five. Maar Brandon hield zijn shirt nog voor zich, dus deed Heath maar een high five met Sam.

'Ze zoekt Alan,' grauwde Brandon. 'Jezus, man, ze is waar-schijnlijk nog maar dertien,' zei hij er zacht achteraan. Vervol-gens vroeg hij aan het meisje: 'Waarom zoek je Alan eigenlijk?'

Het meisje frunnikte zenuwachtig aan de boord van haar groene coltrui, en hield haar blik op Sam gericht.

Niet dat Sam dat leek te merken. Hij was op Heath' rom-melige bed gaan zitten en concentreerde zich al op de PSP.

'Ik slaap bij Alison Quentin, maar ze is niet in haar kamer, en toen zei haar kamergenote dat ik haar maar in het jongens-huis moest gaan zoeken. Ze is aan het leren met Alan.'

'Leren, hè?' Heath lachte kakelend, en zette toen de kraag van zijn rode polo op. Sam droeg net zo'n polo, maar die was hem een paar maten te groot. 'Nou, ik heb ook heel veel geléérd, hoor!' Hij wilde weer een high five doen met Sam, maar die was zo geconcentreerd aan het spelen dat hij het niet merkte.

'O, ik ben trouwens Chloe,' zei het meisje terwijl ze de kamer in liep. Tersluiks keek ze naar Sam, maar die leek haar nog steeds niet te hebben opgemerkt. Waarschijnlijk kwam dat door wat Heath hem had verteld, dacht Brandon. Heath had gezegd dat hij zijn tijd niet moest verspillen aan onderbouw-meisjes, dus zeker niet aan meisjes die nog niet eens op school zaten.

'Hoor eens, Chloe.' Brandon had medelijden met het meis-je. Waarschijnlijk kende ze hier nog niemand, en tot overmaat van ramp plaagde Ferro haar. Het zou hem verbazen als deze twee besloten het Waverly uit te kiezen nadat ze zijn onbe-schofte kamergenoot hadden leren kennen. 'Misschien is het beter als je...'

'Als je je shirt uittrok!' riep Heath uit. 'Heeft Brandon je al verteld over de regels op naaktheid? Of geeft hij gewoon het goede voorbeeld?' Gauw trok Heath zijn polo over zijn hoofd en onthulde zo zijn wasbordje.

Brandon wist zeker dat Chloe het op een gillen zou zetten en hard wegrennen, maar ze bleef gewoon in de deuropening staan, totaal niet overstuur bij het aanschouwen van Heath' blote torso.

'Weet je,' ging Heath verder terwijl hij Sams shirt probeer-de uit te trekken, 'in deze kamer mag je geen shirt aan, en als je je niet aan de regels houdt, moeten we je verzoeken dit ver-trek te verlaten.' Zijn ogen fonkelden duivels, en hij bleef maar aan Sams shirt trekken terwijl Sam geconcentreerd bleef spelen, en mopperde: 'Hou op!'

Met tot spleetjes geknepen ogen keek Chloe Heath aan. 'Volgens mij staat dat niet in de Gids,' zei ze uitdagend. Ze zette haar handen in de zij.

Meteen moest Brandon denken aan Callie wanneer ze kwaad was en het niet meer pikte. Wie had kunnen denken dat dit meisje zo pittig zou zijn?

'Nee,' zei Heath achteloos schouderophalend, 'maar Brandon stáát erop. Toch, Brandon?' Plotseling stak Heath zijn hoofd uit het raam en riep zo hard hij kon: 'Naaktfeest in de kamer van Heath en Brandon!'

Chloe schudde haar hoofd. 'Wat zijn jullie onvolwassen. Ik kan me niet voorstellen dat de leuke meisjes hier op jullie vallen.'

Ineens geïnteresseerd draaide Heath zich om naar Chloe. 'Welke meisjes? Nou, welke meisjes?' Hij sprong door de kamer en stortte zich voor Chloe's voeten ter aarde. 'Vertel op!'

Het meisje rolde met haar ogen en weerde Heath' handen af. 'Nou, ik hoorde Sage Francis zeggen dat ze Brandon leuk vindt,' zei ze met een afkeurende blik op Brandon. 'Maar ik zal haar zeggen dat ze beter geen moeite kan doen.' Met die woorden draaide ze zich om en stormde de kamer uit.

Brandon hoorde haar nog mopperen: 'En ik maar denken dat jongens in groep 8 stomkoppen zijn...' Arm kind. Ze wist nog steeds niet waar Alans kamer was, en wie weet welke gevaren op haar loerden achter de deuren van dit jongenshuis.

Peinzend trok Brandon het schone shirt aan. Sage Francis? Een mooie meid, nu hij erover nadacht.

Heath rolde over de grond als een hond en lachte zich kapot.

Ondertussen zat Sam met ontbloot bovenlijf op het bed *Spider-Man* te spelen.

Misschien moet ik toch eens met Sage Francis gaan praten, dacht Brandon. Alles beter dan hier blijven.

Aan:	BrandonBuchanan@waverly.edu
	TinsleyCarmichael@waverly.edu
	BennyCunningham@waverly.edu
	SageFrancis@waverly.edu
	JennyHumphrey@waverly.edu
	JulianMcCafferty@waverly.edu
	BrettMesserschmidt@waverly.edu
	AlisonQuentin@waverly.edu
	CallieVernon@waverly.edu
	EasyWalsh@waverly.edu
	KaraWhalen@waverly.edu
Van:	RectorMarymount@waverly.edu
Datum:	maandag 14 oktober, 8:46
Onderwerp:	Bespreking

Beste leerlingen,

Het feit dat je deze e-mail ontvangt, betekent dat je op de lijst voorkomt van leerlingen die worden verdacht van de brand in de schuur van afgelopen vrijdag. Ik wil jullie aanstaande woensdag om acht uur 's ochtends spreken in mijn werkkamer in Stansfield Hall.

Iedereen dient aanwezig te zijn.

Rector Marymount

Owlnet instant message inbox

SageFrancis: Daar heb je de poppen aan het dansen!

BennyCunningham: Sinds wanneer zijn wij net zo verdacht als Easy en Callie? Of als Tinsley? Of Julian? Weet je nog, die aansteker?

SageFrancis: Nou, ik verheug me er al op om te worden opgesloten met Brandon...

BennyCunningham: Hm... En met alle andere verdachten. Heel romantisch.

SageFrancis: Als we naar de gevangenis moeten, mogen we bij elkaar op bezoek.

```
┌─────────────────────────────────────────────┐
│  Owlnet instant message inbox               │
├─────────────────────────────────────────────┤
│                                             │
│      KaraWhalen:   Jemig, waarom staan wij op die lijst?  │
│  BrettMesserschmidt:  Geen idee.            │
│      KaraWhalen:   Sinds wanneer heerst er een autoritair │
│                    regime op het Waverly? En hoe kan      │
│                    onze juniorprefect nou verdacht zijn?  │
│  BrettMesserschmidt:  Ik zou het niet weten, maar daar komen │
│                    we nog wel achter.       │
│                                             │
└─────────────────────────────────────────────┘
```

9

Ook wanneer een Waverly Owl onder vuur ligt, gedraagt zij zich met gratie

Maandagmorgen liep Jenny door het koffiehoekje in Maxwell Hall, haar aandacht gericht op de overvolle beker mocha cappuccino die ze in haar handen had. Ze zocht naar een leeg tafeltje. De ingang van Maxwell leek op de poort van een kasteel, met een romaanse boog in de hoge stenen muur. Jenny zat dolgraag boven in een van de donkere nissen, waar je rustig een boek kon lezen, of kijken wie er naar binnen of naar buiten gingen. Terwijl ze om zich heen keek, merkte ze dat iedereen haar in de gaten hield. Ze knipperde met haar ogen. Had ze soms last van achtervolgingswaan? Haar dikke grijze kabelkousen van J.Crew en het bruine corduroy rokje waren zeer geschikt voor vroeg op de maandag. En ze was nog maar net wakker, dus er kon niets tussen haar tanden zitten. Ze zuchtte diep. In de maand die ze nu op het Waverly was, was er altijd wel een reden geweest om haar aan te staren. Omdat ze nieuw was, omdat ze grote tieten had, omdat ze zo stom was geweest te zoenen met Heath Ferro, omdat Easy bij haar in bed was betrapt (het was allemaal heel onschuldig geweest), omdat het aan was geraakt met Easy (niet zo onschuldig), omdat Easy haar had gedumpt (heel onschuldig), en nu... Waarom nu weer?

Ze zag Sage en Benny aan een ronde houten tafel tegen de muur zitten, bij een van de grote open haarden. Jenny liep ernaartoe, maar ze waren zo in hun gesprek verdiept dat ze haar niet leken op te merken.

'Wat er ook gebeurt?' vroeg Sage, die de mouw van Benny's blauw-wit gestreepte trui met capuchon stevig vasthield.

'Wat er ook gebeurt.' Benny tikte tegen de pols van Sage. 'En zit niet zo aan me.'

'Wat wat er ook gebeurt?' vroeg Jenny. Ze schoof een stoel bij, heel voorzichtig om geen koffie te morsen.

Sage en Benny verstarden.

'Wat is er?' Jenny zette de grote beker neer op de tafel, die bezaaid lag met servetjes en verpakkingen zoetjes.

'Dat mailtje,' fluisterde Sage theatraal. Met een zwarte Ella Moss-omslagjurk aan en een enorme zonnebril van Bottega Veneta op haar hoofd zag ze eruit als een filmster die niet wil worden opgemerkt door paparazzi. Ze keek even achterom, maar alles ging gewoon zijn gangetje in het koffiehoekje.

'Welk mailtje?' Jenny nam een slokje van haar koffie. Ze snapte er niets van. Had Heath weer een lichtelijk pornografisch mailtje rondgestuurd, en had hij haar overgeslagen? De moed zonk haar in de schoenen. Niet dat ze graag lichtelijk pornografische mailtjes van Heath kreeg, maar ze wilde ook niet worden buitengesloten.

'Jouw naam stond er ook bij.' Benny kneep haar met auberginekleurige eyeliner omrande ogen tot spleetjes toen ze Jenny wantrouwig aankeek.

'Ik heb mijn mail nog niet opgehaald.' Jenny haalde haar smalle schouders op en keek vervolgens op het horloge van rood plastic dat ze in Chinatown had gekocht. Er stonden Chinese cijfers op. Wat had iedereen toch? 'Wat was er dan voor mail? Een grap of zoiets?'

'Het is absoluut geen grap,' antwoordde Sage. Ze trok een lok blond haar naar haar mond, alsof ze erop wilde sabbelen. 'Er wordt iemand van school getrapt. Een van ons.'

'Wacht eens...' Jenny probeerde het te begrijpen. 'Begin eens bij het begin?'

Benny vertelde wat er in het mailtje van Marymount stond. Het was net alsof ze het uit haar hoofd had geleerd.

Vervolgens vertelde Sage wie er allemaal op de lijst stonden.

Jenny hield haar hart vast, maar toen stak Sage haar vinger naar haar uit en zei: 'Jij staat er ook op.'

'Waarschijnlijk omdat Julians aansteker daar is gevonden,' merkte Benny op. Ze stopte haar bordeauxrode schrift terug in haar Fendi-tas. 'En iedereen weet het van Julian en jou.'

Jenny zette haar beker terug op tafel. Wist iedereen het? Dat had ze niet beseft. Hoewel het niet als een verrassing had moeten komen, ook al was er weinig om te weten. Tot nu toe.

Benny ging verder terwijl ze met haar afgekloven vingernagels op het eiken tafelblad roffelde. 'En dat betekent dat Marymount het waarschijnlijk ook weet. Daarom sta je zeker op de lijst.'

Jenny knikte, en keek toen uit het grote raam naar buiten, naar de vurig gekleurde boomtoppen. Ze vroeg zich af of er op andere kostscholen ook altijd zo veel aan de hand was, of dat ze gewoon bofte. Of juist niet.

'Marymount heeft de pest aan ons vanwege de kaarsen,' legde Sage uit terwijl ze onzichtbare korreltjes van de zoetjes van de uitlopende mouwen van haar jurkje streek.

Benny knikte. 'We zijn heel vaak gesnapt. Maar we zijn niet de enigen met kaarsen. Ik rook gisteren een kaars met een heel sterke aardbeiengeur. De hele gang stonk ernaar. Tegenwoordig brandt iedereen kaarsen, alleen wij niet.' Mokkend om zo veel onrechtvaardigheid leunde ze hoofdschuddend achterover.

Jenny nam nog een slokje koffie, in de hoop dat zij er net zo blasé zou uitzien als Sage en Benny. Ze wist niet zeker of dit iets met Julian te maken had. Toen ze die vrijdagavond Callie voor de voeten had geworpen dat ze het stiekem weer aan had gemaakt met Easy, had Callie gesnauwd dat Jenny waarschijnlijk de schuur in de fik had gestoken. Per slot van rekening had Jenny daar een motief voor gehad, volgens Callies verwrongen redenering. Maar de rector zou Callie vast niet geloven als ze daarmee naar hem toe stapte. Toch?

Ineens schoot haar te binnen dat mevrouw Rosovsky, de lerares geschiedenis van het Constance Billard, hen op de historische onjuistheden in de film *JFK* had gewezen, maar ook had gezegd dat veel mensen graag in samenzweringstheorieën geloven. Veel mensen geven de voorkeur aan ingewikkelde en sappige verklaringen boven een eenvoudige en logische. Jenny had het gevoel dat meneer Marymount iemand was die liever in een samenzwering geloofde. De waarheid zou niets voor hem zijn. Dat de brand toevallig was ontstaan, was te saai. Hij wilde iemand met een motief. Hij wilde liever geloven dat de onschuldige Jenny Humphrey brand had gesticht omdat ze ongelukkig was in de liefde.

'Waar ga je heen?' vroeg Benny.

Maar Jenny stormde de deur al uit, en haar rode laarsjes in een kindermaatje klonken galmend op de marmeren vloer van Maxwell Hall.

JennyHumphrey:	Hé, ik heb net een mailtje van Mary-mount gekregen. Idioot, hè?
JulianMcCafferty:	Nou en of. Je bent veel te mooi om verdacht te zijn.
JennyHumphrey:	Ik bloos diep. In elk geval zijn we samen de klos.
JulianMcCafferty:	Goed gezegd.
JennyHumphrey:	Wat ben jij nu van plan?
JulianMcCafferty:	Nou, ik zat eigenlijk aan jou te denken...
JennyHumphrey:	Mooie gedachten, hopelijk.
JulianMcCafferty:	Nee, heel slechte gedachten.
JennyHumphrey:	Geen wonder dat we in de problemen zitten.

Aan:	De toffe mensen die Heath kent
Van:	HeathFerro@waverly.edu
Datum:	maandag 14 oktober, 14:32
Onderwerp:	Onze laatste kans

Vaarwel, Brandon, Tinsley, Benny, Sage, Jenny, Julian, Brett, Alison, Callie, Easy en Kara. We zullen jullie missen! (Hé, we zullen mij ook missen!)

Voor het geval een van ons/sommigen van ons/wij allemaal woensdag een enkele reis naar huis krijgt/krijgen, dacht ik dat het een goed idee zou zijn om dinsdag een afscheidsfeest te houden bij de krater. Wie weet is het onze laatste kans om ons als Ons Nederige Schuldigen op het Waverly slecht te gedragen!

Degenen die op meneer M.'s lijst van favoriete leerlingen staan, kunnen hun gloednieuwe ONS-T-shirt ophalen bij aanvang van het feest.

Alle anderen zijn allemaal welkom op het feest om ONS vaarwel te zwaaien, maar als je een van ONS tegenkomt, moet je precies doen wat hij of zij zegt, want dit kon wel eens zijn of haar laatste avond in vrijheid zijn.

Wij laten ONS niet kisten!

Peace,
Heath

Owlnet instant message inbox

HeathFerro: Heb je al zin in het feest van ONS?

TinsleyCarmichael: Ik kom zeker. Maar ik vertrek de volgende dag heus niet.

HeathFerro: Zo mag ik het horen.

TinsleyCarmichael: Waarom heb je me een sms'je gestuurd?

HeathFerro: Nou, ik weet dat je van een jong blaadje houdt… Hoe jong?

TinsleyCarmichael: Hoor eens, Heath, heb je het soms over die kinderen voor de Open Dagen? Nou, ik hoop dat jij toch maar voor een andere school kiest!

HeathFerro: Au!

10

Een Waverly Owl spant niet samen tegen andere Owls

Callie zat gebogen over haar gebarsten gele mok vol cappuccino, met haar blote ellebogen geleund op de hoektafel van de Waverly Inn in Rhinecliff. Het leek jaren geleden dat Tinsley, Brett en zij aan deze tafel hadden gezeten met amaretto en champagne, in een poging de herinnering aan Easy weg te spoelen. De Waverly Inn zag eruit als een filmdecor, met een bar van een donkere houtsoort, een chagrijnige barman, en verder alles in een soort oubollige, deftige stijl. Maar vandaag leek de hotelbar in het late ochtendlicht meer op de kantine van een bejaardenhuis. De klanten waren allemaal stokoud en zagen eruit alsof ze betere tijden hadden gekend. De tafel was plakkerig en moest eens goed worden gesopt, en de barsten in de koffiebekers waren duidelijk te zien.

Die ochtend was er geen les. Vrijdag had meneer Gaston hun een verrassing beloofd voor op de maandag, en Callie was ervan overtuigd geweest dat hij een onverwacht proefwerk had bedoeld, en geen cadeaubon van vijfhonderd dollar voor Barneys. Na dat mailtje van Marymount kon ze echt geen Latijnse woordjes vervoegen. Toen ze het mailtje in haar postvak had gezien, zo snel na het vorige, had ze gehoopt dat de rector de schuldige had achterhaald, Jenny Humphrey dus, en haar van school had getrapt. Einde van de zaak. Ze had al plannen gemaakt om Jenny's kant van de kamer in beslag te nemen. Maar toen ze erachter kwam dat ook zíj werd verdacht, veranderden de dromen over haar schoenen in Jenny's kast in nacht-merries over thuis moeten wonen, en naar een openbare school in Atlanta te moeten, met een stel boerenkinkels als medeleerlingen.

'Dank je dat je hiernaartoe wilde komen. In CoffeeRoasters of Maxwell Hall zouden we bekenden kunnen tegenkomen.' Tinsley nam een slokje van haar cappuccino. Ze had haar zwarte haar in een knotje dat ze had vastgezet met turkooise gelakte eetstokjes, en ze droeg een strak marineblauw mini-jurkje van Wayne. Ieder ander zou er in dat jurkje hoerig hebben uitgezien, maar Tinsley stond het zoals gewoonlijk prachtig.

Het was verbazend dat Callie zich de laatste dagen totaal niet bedreigd voelde door haar perfect uitziende vriendin. Ondanks het beginnende puistje boven haar linkeroog, en de halve kilo die ze dit weekend vast was aangekomen door het bier drinken en alles opeten wat Easy haar aanbood, voelde ze zich veel zelfverzekerder dan anders. Easy en zij waren weer verliefd op elkaar, nog meer dan eerst, en ze hadden het eindelijk voor de eerste keer gedaan. Dat was ongelooflijk, en zo volwassen. Dat kon Tinsley mooi in haar zak steken!

'Misschien had ik beter mijn Ella Moss-wikkeljurkje kunnen aandoen. Je weet wel, dat jurkje dat altijd los lijkt te schieten. Dat werkte goed bij Dalton.' Tinsley leunde naar achteren en glimlachte weemoedig. 'Eigenlijk werkt het bij iedereen. Het is toch niet te geloven dat Marymount me niet geloofde!'

Callie nam nog een voorzichtig slokje cappuccino.

'Nou ja.' Tinsley boog zich weer naar voren. 'Ik maak me niet al te veel zorgen.' Ze maakte een gebaar alsof ze een vlieg doodsloeg, waarbij haar zilveren Anaconda-ring fonkelde in het licht. 'Wíj worden heus niet naar huis gestuurd, dat geef ik je op een briefje.'

De gedachte om te moeten slapen in de slaapkamer van het enorme huis van de gouverneur aan Paces Ferry Road in

Atlanta, met het roze kleedje en het enge hemelbed, deed Callie rillen. En ze huiverde ook bij de gedachte om elke ochtend te moeten ontbijten met haar van een betonkapsel voorziene moeder.

'Waarom ben je daar zo zeker van?' vroeg Callie. Ze omklemde de beker, blij met de warmte ervan. 'Marymount heeft vast zijn redenen om ons allemaal als verdachten te beschouwen.'

'Misschien bluft hij,' opperde Tinsley vol vertrouwen. Ze streek een ontsnapte lok achter haar oor. 'Dat heb ik al zo vaak meegemaakt.'

Callie deed haar best niet geërgerd te kijken. Dat er in Tinsleys paspoort stempels van bijna alle landen van de wereld stonden, betekende nog niet dat ze wereldser en wijzer was dan anderen. Callie vermoedde dat Tinsley daarom niet naar details over Easy en Callie had gevraagd, omdat ze er eigenlijk niets over wilde weten. Laatst was tijdens een spelletje gebleken dat Tinsley nog maagd was. Tinsley kon het vast niet uitstaan dat Callie op liefdesgebied nu meer ervaring had dan zij.

'O ja? Waar dan?' vroeg Callie.

Tinsley kneep haar viooltjesblauwe ogen tot spleetjes en tuitte haar lippen. 'In films.'

Callie grinnikte. Vervolgens likte ze aan haar vinger en veegde daarmee de korreltjes suiker die op haar schoteltje lagen op.

Tinsley keek ernaar. 'Getver.' Ze trok de eetstokjes uit haar donkere haar en schudde het uit, zodat het golvend om haar schouders viel. Vervolgens keek ze Callie met opgetrokken wenkbrauwen aan.

'Maar dit is geen film.' Callie hoorde dat het een beetje klaaglijk klonk. Als Tinsley van school werd getrapt, wat zou er dan gebeuren? Niets. Ze zou met haar vader naar Zuid-Afrika gaan om een bekroonde documentaire te draaien, en ze zou George Clooney, Brad Pitt en al die andere beroemdheden leren kennen die zich inzetten voor goede doelen. O nee, dat had Tinsley allemaal al gedaan. Alleen Tinsley kon van school worden getrapt voor het gebruik van ecstasy om vervolgens gewoon terug te mogen komen.

'Mijn moeder geeft me de doodstraf als ik van school word getrapt,' verzuchtte Callie. Ze wist niet of de doodstraf wel bestond in Georgia, maar als dat niet zo was, zou haar moeder er wel voor zorgen dat die werd ingevoerd.

Tinsley keek langs Callie heen naar een foto die in 1920 van Rhinecliff was gemaakt. Het zag er toen al net zo opwindend uit als in het heden. 'Als het wel een film was, wie moest jou dan spelen?'

'Grace Kelly,' antwoordde Callie meteen. Ze hief haar hoofd in een prinses van Monaco-waardig pose. Ze trok de kraag van haar zijden Joie-blouseje recht en keek uit het raam naar de strakblauwe lucht. Ze kreeg een afwezige blik in haar ogen. 'Weet je, de namen op de lijst zijn zo willekeurig gekozen... Waarom staat Brandon Buchanan er wel op, en zo'n idiote wietroker van een Alan St. Girard niet?'

Tinsley nam een grote slok van haar lauw geworden cappuccino. Ze wist waarom Callie op de lijst stond, en Easy. Omdat zíj eruit had geflapt dat ze in de schuur waren geweest. Maar dat zei ze maar niet tegen Callie. Ze wist ook waarom Jenny en Julian op de lijst voorkwamen. En natuurlijk waarom zijzelf erop stond. Nog steeds was ze kwaad op zichzelf omdat ze het gesprek met de rector had verpest.

'Het spijt me dat ik er niet bij was toen je dat gesprek had met Marymount,' zei Callie met een zucht. Zenuwachtig wond ze een sliert rossigblond haar om de vinger die ze eerst in de suiker had gestopt. Waarschijnlijk kreeg ze nu suiker in haar haren. Misschien zou Easy dat wel lekker vinden.

'Mij ook.' Tinsley kneep haar ogen tot spleetjes. Ze hoopte dat het licht bestraffend had geklonken. Callie had haar niet in de steek moeten laten. Ze zag weer voor zich wat er zich in Marymounts kamer had afgespeeld. Als ze niet zo was afgeleid door Marymounts doorgegroeide wenkbrauwen, of dat beeld van hem als roofvogel die de leerlingen opvrat, of die suffe foto van zijn stomme familie...

'Allemachtig...' Met een ruk ging ze rechtop zitten.

Verwonderd keek Callie haar aan.

Ineens grijnsde Tinsley breed. Ze voelde zich veel beter. 'Ik wéét het!'

'Zeg, Chloe...' Tinsley roerde met het rietje in haar milkshake met chocoladesmaak. 'Hoe bevalt het Waverly je tot dusver?'

Een dienblad vol glazen viel kletterend op de grond. Iedereen in Nocturne, de pas geopende snackbar aan het eind van Main Street in Rhinecliff, draaide zich om om te kijken. Iedereen, behalve Tinsley, die haar blik gevestigd hield op de nieuwe leerling die de sleutel naar redding vormde.

Tinsley had een goede plek uitgekozen voor deze stiekeme ontmoeting, vond Callie. Nocturne was zo nieuw dat het nog geen echte ontmoetingsplek was, maar ze was ervan overtuigd dat deze snackbar in de stijl van de jaren vijftig vanavond vol zou zitten met Owls die tosti's en kronkelfriet wegwerkten. Callie keek naar de serveerster die blozend glassplinters opveegde die als diamanten fonkelden op de zwart-wit betegelde vloer.

'O, het gaat wel,' antwoordde Chloe weifelend. Waarschijnlijk was ze nog niet bekomen van de schrik dat Tinsley Carmichael haar had gevraagd voor een lunch buiten school.

Tinsley had haar meegelokt met het smoesje dat ze haar beter wilde leren kennen, maar zoals gebruikelijk had Tinsley een geheime agenda. Ze had ineens beseft waarom Chloe haar bekend voorkwam: van de familiefoto op Marymounts bureau. Het kind was zijn nichtje, en Tinsley had meteen beseft dat zíj informatie had doorgespeeld aan haar oom. Waarschijnlijk bestond de lijst van verdachten uit leerlingen die in het weekend onaardig tegen Chloe waren geweest. Niet dat de personen op de lijst allemaal lieverdjes waren, maar daarom waren het nog geen pyromanen.

'Je moet de school vooral beschouwen als iets unieks in je leven,' zei Tinsley terwijl ze een blaadje sla uit haar caesar salad viste. 'We zijn nu allemaal nog overstuur vanwege de brand.' Ze legde haar vork neer alsof ze van de stress geen hap door haar keel kon krijgen, en leunde tegen de rode kussens op de bank. Bezorgd fronste ze haar mooie voorhoofd.

Callie nam een grote hap van haar hamburger. Ze wist niet zeker of ze haar gezicht wel in de plooi kon houden als Tinsley zo bezig was. Bovendien had ze voortdurend honger sinds het weer aan was met Easy; waarschijnlijk omdat ze samen zoveel calorieën verbrandden.

Chloe speelde met haar tonijnsalade en gebakken aardappeltjes. 'Het is heel raar,' zei ze instemmend. 'Maar straks is het allemaal voorbij, toch?' Ze keek de twee oudere meisjes vragend aan.

Onderzoekend keek Callie het meisje aan, en ze vroeg zich af of ze maar speelde dat ze zo onschuldig was. Met haar lichte, schouderlange haar en eveneens lichte huid, en met een lichtgele kabeltrui aan, zag ze eruit als een ongebakken frietje.

'Dat hopen we dan maar,' zei Callie. Ze legde haar hamburger neer, pakte een servetje uit de chromen houder en veegde haar mond af. Ze had de serveerster graag om een slabbetje gevraagd, want ze wilde niet knoeien op de jabot van haar lavendelkleurige zijden topje. 'Als ze weten wie het gedaan heeft. Maar volgens mij komen ze daar nooit achter.'

'Denk je?' Chloe keek Callie aan, en stroopte vervolgens haar mouwen op. 'Waarom denk je dat?'

Tinsley haalde de lange zilveren lepel uit het longdrinkglas vol schuimende milkshake en likte hem af. Daarna wees ze met de schone lepel op Chloe. 'Omdat de ware schuldige er heel onschuldig uitziet, met van die grote, onschuldige ogen. Net als jij,' antwoordde ze zakelijk. Vervolgens legde ze de lepel neer op het formica tafelblad. 'Misschien ken je haar wel. Ze heet Jenny Humphrey.'

Callie keek om zich heen, in de hoop dat niemand van het Waverly hen kon horen. Maar niemand had buiten school willen lunchen, of Nocturne was nog te nieuw, want er was geen vertrouwd gezicht te bekennen. Bovendien schalde er heel harde muziek uit de jaren vijftig uit de jukebox, dus zelfs als er iemand dichtbij had gezeten, had die waarschijnlijk toch het gesprek niet kunnen afluisteren.

Chloe zette grote ogen op. 'Jenny? Maar die ken ik. Ze gaat toch met Julian? Leuke jongen.'

Tinsley vertrok haar gezicht. Het was al erg genoeg dat Heath wist van Julian en Tinsley, en dat hij haar onaardige sms'jes stuurde om het haar in te peperen. En nu moest ze ook nog luisteren naar een nieuwe leerling die het had over de supersexy onderbouwer met zijn vriendin met de gigantische tieten. Als ze nog eens Jenny en Julian in één adem hoorde noemen, zou ze haar milkshake door de snackbar gooien. En als ze hen ooit samen zag, zou ze misschien nóg iets in de fik steken, maar dan expres. Ze kon niet wachten op het gesprek van woensdag, waarna Jenny Humphrey van school zou worden getrapt.

'Heeft ze echt brand gesticht?' ging Chloe verder. Door haar hoge piepstemmetje klonk het bijna jammerend.

'Ja.' Callie knikte heftig, en keek het jonge meisje toen ernstig aan. 'Ik heb haar met een aansteker in de hand bij de schuur gezien. Maar dat kan ik niet aan de rector vertellen, want dan lijk ík verdacht omdat ik in de schuur was. Kun je je voorstellen hoe erg het is om te weten dat iemand schuldig is, maar dat niet te kunnen vertellen?' Ze zuchtte theatraal en zakte toen onderuit op het met rode stof beklede bankje.

Chloe zag eruit alsof er een gebakken aardappeltje in het verkeerde keelgat was geschoten. 'M-maar...' stamelde ze, 'm-maar als ze nou een echte pyromaan is?' Achter haar brillenglazen keek ze met een angstige blik in haar blauwe ogen in het rond.

'Precies.' Tinsley boog zich samenzweerderig over de tafel heen en duwde haar bakje sla opzij. Ze keek Chloe met haar viooltjesblauwe ogen strak aan. 'En daarom moeten we oppassen, en haar vandaag en morgen goed in de gaten houden. Nu ze weet dat ze wordt verdacht, kan ze geen kant meer op. Wie weet waartoe ze in haar wanhoop in staat is?' Ze ging weer rechtop zitten, zwiepte haar staartje op haar rug en streek haar matrozenjurkje glad. 'Misschien kunnen we afspreken om een oogje op Jenny te houden. Als we iets verdachts merken, seinen we dat meteen door aan elkaar.'

Chloe legde haar vork opgewonden neer op haar bordje tonijnsalade. 'Vragen jullie míj om te helpen?'

'Natuurlijk.' Tinsley knikte. Vervolgens ging ze fluisterend verder, alsof ze Chloe staatsgeheimen toevertrouwde. 'We hebben je nódig.'

Chloe veegde haar handen af aan een servetje. Ze zette haar bril af, zodat haar ogen ineens nog groter werden, en keek toen snel van Callie naar Tinsley en weer terug. 'Oké,' zei ze. 'Maar als ik jullie help en een oogje op Jenny houd, wat heb ík daar dan aan?'

'Nou,' reageerde Tinsley liefjes, en er verscheen een bekende fonkeling in haar ogen, 'als je volgend jaar op deze school komt, heb je alvast twee bovenbouwers als vriendinnen.' De jukebox zette 'Don't Be Cruel' van Elvis in, en Tinsley lachte haar bijzondere Carmichael-lach, die leek te zeggen: ik heb alle touwtjes in handen, dus het is een hele eer dat je mag meedoen.

Chloe rechtte haar rug, alsof ze zich bewust was van de verantwoordelijkheid die op haar schouders rustte. 'Cool.' Ze knikte, zette haar bril weer op en schoof die hoog op haar neus. 'Ik heb altijd al populair willen zijn.'

Callie schudde haar hoofd en nam een slokje cola light. Natuurlijk wilde Chloe populair zijn. Wie wilde dat nou niet? Callie had op het Waverly algauw geleerd dat je iemands ambities nooit mocht onderschatten, van wie ze ook waren.

Owlnet instant message inbox

BennyCunningham: Ga jij morgen naar de krater?

LonBaruzza: Om afscheid van jou te nemen? Tuurlijk!

BennyCunningham: Mooi zo. Het is vast leuk jou te zeggen wat je moet doen.

LonBaruzza: Dat zullen we nog wel eens zien.

BennyCunningham: Kun je goed masseren?

LonBaruzza: Ik ben onovertroffen.

Owlnet instant message inbox

BrandonBuchanan: Wat weet je allemaal over Sage Francis?

RyanReynolds: Waarom wil je dat weten?

BrandonBuchanan: Zeg nou maar gewoon.

RyanReynolds: Nou, ze heeft geen vriendje, en ze is supersexy.

BrandonBuchanan: Bedankt. Meer hoef ik niet te weten.

RyanReynolds: Ze is alleen een beetje té sexy. Pas maar op.

BrandonBuchanan: Reynolds, niemand is té sexy. Fantaseer jij maar fijn verder, want verder zul je toch nooit komen.

Owlnet instant message inbox

HeathFerro: Heb jij een kleine maat overhemd?

KaraWhalen: Wat?

HeathFerro: Kom op, help een Owl in nood eens een handje. Ik vraag je toch niet of ik je slipje mag lenen? Hoewel... Als dat zou kunnen...

KaraWhalen: Je bent niet goed wijs. Kom maar hier.

II

Een Owl met verantwoordelijkheidsgevoel is zo verstandig om de secretaris van de rector te vriend te houden

Brett keek teleurgesteld toen ze meneer Tomkins' kale kop voor het computerscherm zag, waardoor ze niet zomaar kon doorlopen naar de werkkamer van rector Marymount. Ze had besloten om hem tijdens de lunch te spreken, wanneer meneer Tomkins in de kantine zou zijn om zich vol te proppen met bietjes, asperges en kipfilets. Ze durfde er een lief ding onder te verwedden dat zijn urine naar dode kat stonk.

Zodra Brett meneer Tomkins zag opkijken en hij zijn volkoren broodje met tonijn neerlegde, wist ze dat er iets aan de hand was. Hij trok zijn stropdas met de pompoentjes erop recht. Was het niet een beetje vroeg voor een halloween-das? Ze huiverde bij de gedachte aan zijn kostuum van vorig jaar, de ruiter zonder hoofd, met een merkwaardige leren kap die eruitzag alsof hij in een seksshop was gekocht. Eigenlijk was het best eng, vooral als ze eraan dacht wat hij de rest van het jaar met dat kostuum zou kunnen doen, wanneer hij alleen thuis was. Zo kreeg de legende van Sleepy Hollow een heel nieuwe, pornografische betekenis.

'Is hij er?' vroeg Brett, met haar hoofd schuin zodat haar vuurrode haar als een sluier over haar schouder viel. Met de rood-zwart geruite James Perse-trui aan over het witte overhemd dat ze vorige week van Kara had geleend, zag ze er best onschuldig uit, hoopte ze.

Meneer Tomkins knikte, en veegde toen zijn mond af met een verfrommeld servetje. 'Jawel.' Kennelijk had hij ingezien dat hij echt nauwelijks nog haar op zijn hoofd had, en de overgebleven tien haren maar afgeschoren. Toen Brett op de dichte deur van Marymounts werkkamer toe liep, vertrok hij zijn gezicht. Hij stond gespannen als een veer, klaar om op te springen en haar de weg af te snijden. 'Maar hij mag nu niet gestoord worden.'

Gestoord? Een bezoekje van de junior klassenprefect kon je toch geen storen noemen? En sinds wanneer deed meneer Tomkins, die dol was op Brett, zo geheimzinnig? 'Waarom niet?' vroeg ze, zich er meteen van bewust dat ze niet uitdagend moest klinken, maar meneer Tomkins juist stroop om de mond moest smeren. Maar ze had haast, en ze was geërgerd en ook een beetje bang omdat ze werd verdacht. Dus had ze geen tijd om met hem te flirten. Ze had altijd vermoed dat hij zo verwijfd deed opdat de meisjes er niet bij na zouden denken als ze zich moesten bukken of hun behabandjes schikken waar hij bij was. De viespeuk.

'Hij is zijn toespraak voor de Open Dagen aan het voorbereiden. Die spreekt hij uit tijdens het diner van vanavond,' vertelde meneer Tomkins.

Ze zag dat er een kloddertje mosterd op zijn das zat, en dacht aan hoe erg hij zich zou schamen wanneer hij dat ontdekte.

'Hij zei dat hij niet gestoord wilde worden,' ging meneer Tomkins verder.

'Maar het is een nóódgeval!' Brett hoorde zelf dat ze zeurde als een klein kind. Ze slikte moeizaam. Ze ging niet smeken. Het was al erg genoeg dat haar naam in verband werd gebracht met de brand. Hoe was ze trouwens op die lijst terechtgekomen? 'En ik ben junior klassenprefect,' voegde ze er in haar wanhoop aan toe. Ze wist best dat meneer Tomkins zich aan haar ergerde, en vroeg zich al af of ze hem een complimentje moest geven over zijn glanzende schedel. 'Het heeft met school te maken.'

Meneer Tomkins staarde haar aan, en leunde toen achterover in zijn antieke, eiken stoel. 'Waar gaat het dan over?'

'U weet wel.' Brett zocht naar woorden. Had ze dáárvoor twee jaar meegedaan met de debatingclub? Ze zette haar handen op het glanzende bureaublad en keek meneer Tomkins smekend aan. 'Ik hoef hem maar heel even te spreken... Mag ik niet heel, heel eventjes naar binnen? Eén minuutje maar?'

Hoewel meneer Tomkins geamuseerd glimlachte, schudde hij toch nee.

Ineens hoorde Brett geluid achter de deur van Marymounts kamer, en vol verwachting keek ze of de deur openging. Maar het ritselende geluid stierf weg, en het was weer stil.

'Hij wil niet worden gestoord,' herhaalde meneer Tomkins. Hij wierp een blik op het computerscherm en legde zijn hand al op de muis.

Wat een baan, dacht Brett. Aan je bureau broodjes tonijn eten, surfen naar Sleepy Hollow-pornografie, en af en toe een leerling afserveren.

'Ik kan je helaas niet helpen,' zei hij.

'Maar ik ben juniorprefect...' zei Brett nogmaals, want je kon maar niet weten.

'Ja, dat weet ik,' viel meneer Tomkins haar in de rede. Deze keer keek hij niet op van het scherm.

Brett vermoedde dat hij een spelletje patience aan het spelen was.

'Ik wil weten waarom ik word verdacht.' Ze bloosde, bang dat ze te veel de aandacht op zichzelf richtte, terwijl ze toch net had gedaan alsof ze het belang van een hele groep wilde dienen. Maar er was niemand anders in het kantoor, en als de rector haar hoorde, zou hij haar misschien toch binnenlaten.

'Het spijt me.' Meneer Tomkins klonk totaal niet alsof het

hem speet. 'Daar kan ik geen mededelingen over doen.' Hij had een zelfvoldane grijns op zijn gezicht, zo van: ik weet iets wat jij lekker niet weet.

Brett wilde hem niet het genoegen doen hem smekend te vragen wat hij dan wist. Ze wilde zich net omdraaien en weggaan, toen hij haar verraste door te fluisteren: 'Sommige leerlingen staan op de lijst omdat ze zich de laatste tijd nu niet bepaald koest hebben gehouden.'

Eventjes dacht ze dat hij het over Heath had. Of over Tinsley, of zelfs over Jenny, die heel erg over de tong ging, samen met Easy en Callie.

Maar toen ze zijn opgetrokken wenkbrauwen zag, besefte ze dat het over haarzelf ging. De moed zonk haar in de schoenen van rood suède. Ze had wel willen gillen: dat kunt u niet menen!

Maar meneer Tomkins deed net alsof hij de blik vol afgrijzen in haar ogen niet opmerkte.

Ze dacht: sta ik op de lijst omdat ik me niet elke avond opsluit in mijn kamer om huiswerk te maken? Sta ik op de lijst omdat de andere leerlingen over me roddelen? Sta ik op de lijst omdat ik heb gezoend met een meisje? Hoe was het mogelijk dat zíj op de lijst stond? Erg geschrokken, en met knikkende knieën, liep ze wankelend de gang op. Ze vergat zelfs om afscheid te nemen.

In de gang liet ze zich op de harde, houten bank ploffen. Op deze bank hadden talloze jeugdige delinquenten moeten wachten terwijl Marymount over hun lot beschikte. Ze stelde zich rector Marymount en meneer Tomkins voor, die samen met een zwerm nieuwsgierige leraren gebogen stonden over het jaarboek, en juichend wezen op het portret van iemand die er lekker schuldig uitzag. Ze zag hun gezichten voor zich terwijl ze naar háár portret keken. Meneer Tomkins zou zijn pompoenenstropdas rechttrekken. 'Hmm,' zou de rector zeggen, terwijl hij zijn haren goed legde over zijn schedeldak. 'Tja, een duistere, lesbische pyromaan. Ze is dan wel junior klassenprefect, maar ik zet haar naam toch op de lijst.' Vervolgens zou hij wijs knikken en haar naam met onuitwisbare inkt opschrijven, met daaronder het woord: schuldig, drie keer onderstreept.

Owlnet instant message inbox

KaraWhalen: Ga je straks mee naar het diner voor de nieuwe leerlingen?

BrettMesserschmidt: Misschien bestel ik gewoon iets…

KaraWhalen: Hoezo?

BrettMesserschmidt: Och, ik blijf liever op mijn kamer.

KaraWhalen: Zeg, je hoeft je echt geen zorgen te maken, hoor. We staan dan wel op de lijst, maar we hebben toch niks gedáán?

BrettMesserschmidt: Hangt ervan af aan wie je het vraagt.

12

Een Waverly Owl geeft nooit op

Tinsley liep verend op haar witleren Prince-tennisschoenen over het grintpad naar Dumbarton. De training was vandaag leuker geweest dan anders. Mevrouw Nemeroc, de bijzonder fitte en een beetje mannelijke Russische coach, was extra aardig voor haar geweest. Ze was ontzet dat haar beste leerling op de lijst van verdachten stond, en vreesde dat ze haar sterspeler zou kwijtraken. Daarom had ze Tinsley even apart genomen en gezegd dat ze een goed woordje voor haar zou doen. Tinsley wees het aanbod beleefd af. Ze kon het zelf wel afhandelen, dank u. Met een beetje hulp van Chloe zou de rector er woensdag van overtuigd zijn dat Jenny de schuldige was. Tinsley voelde zich net een poppenspeler die alle touwtjes van de marionetten in handen had.

Op het gazon lag een stel onderbouwmeisjes op een uitgespreide Waverly-deken, gekleed in mouwloze topjes om nog een beetje bruiner te worden in de gestaag aan kracht verliezende zon. Bijna onmerkbaar keken ze op van hun leerboeken om Tinsley in de gaten te houden.

Tinsley glimlachte. Terwijl ze liep, maakte ze slaande bewegingen met het racket, en daarbij stelde ze zich voor dat ze Jenny's kop eraf hakte. Ze was zo in gedachten verzonken dat ze de lange, slanke gestalte pas opmerkte toen ze er bijna tegenop was geknald.

'Tinsley,' zei Julian.

Bijna had ze een sprongetje van schrik gemaakt. 'Julian,' zei ze, omdat ze niets beters kon bedenken. Nu ze hem weer zag met zijn aanbiddelijke lijf en zijn bruine hondenogen, voelde ze zich vreemd zenuwachtig. Ze kreeg vlinders in haar buik bij de herinnering aan de sexy rendez-vous' die ze op de vreemdste plekken hadden gehad: in een badkamer van Dumbarton, en in de filmzaal in de kelder van Hopkins Hall. Ze had de relatie strikt geheim willen houden omdat ze bang was dat de anderen erachter zouden komen dat ze op een onderbouwer viel. Maar nu ze erover nadacht, zou dat eigenlijk helemaal niet zo erg zijn geweest. Waarschijnlijk zou ze een trend zijn begonnen, à la Demi Moore.

'Zeg, eh… het spijt me dat we elkaar dit weekend niet hebben gesproken.' Julian wroette met de neus van zijn schoen in het grint. Toen hij weer opkeek, viel zijn warrige donkerblonde haar rommelig voor zijn ogen. Hij droeg een geruit overhemd, en Tinsley vroeg zich af wat hij daaronder aanhad. 'Er gebeurde van alles. Maar eigenlijk wil ik het ergens met je over hebben.'

Tinsley verstrakte. Het was net alsof ze een klap in haar gezicht had gekregen. Meteen riep ze zichzelf tot de orde. Waarom maakte ze zich eigenlijk druk om wat deze onderbouwer allemaal uitspookte? 'Kom maar op,' zei ze ijzig, en ze kneep haar viooltjesblauwe ogen tot spleetjes. 'En met dat er van alles gebeurde, bedoel je zeker dat je het te druk had met je nieuwe vriendinnetje?'

'Waar heb je het over?' Julian zag er echt uit alsof hij er niets van snapte. Hij streek door zijn warrige haar.

Waarschijnlijk vroeg hij zich af hoe ze het wist van Jenny. Dacht hij nou echt dat hij kon vozen met die topzware slettenbak zonder dat Tinsley erachter zou komen?

'Doe maar niet alsof je achterlijk bent. Ik heb je wel gezien met die dwerg.' Ze zette haar tennisracket van titanium op de grond en leunde erop, met het gevoel alsof ze zojuist een matchpoint had gescoord.

Julian trok zijn wenkbrauwen op.

Ze kon niet zien of hij verbaasd was of boos. Waarschijnlijk allebei.

'Wanneer heb je dat dan gezien?'

Tinsley verstarde. Ze besefte dat ze in de fout was gegaan. Als ze zei dat ze hen bij de schuur had gezien, zou dat bijna betekenen dat ze toegaf dat ze brand had gesticht. Tersluiks keek ze naar links. De zonnebadende meisjes keken weer in hun boeken, maar ze vermoedde dat ze ondertussen hun uiterste best deden iets van het gesprek op te vangen. 'Het doet er niet toe wanneer het was,' snauwde ze. 'Maar goed, ik zal het je gemakkelijk maken. De volgende keer dat ik jou en je ondermaatse vriendinnetje samen zie, zal ik ervoor zorgen dat het ook de láátste keer is dat jullie bij elkaar zijn.' Ze zei het langzaam en nadrukkelijk, want ze wilde het niet nog eens hoeven zeggen.

Julian verschoot van kleur. 'Moet ik dat opvatten als een dreigement?' Zijn stem klonk onvast, en hij zag er niet zoals gebruikelijk op zijn gemak uit, eerder geschrokken en ook een beetje bang.

En dat was precies hoe Tinsley graag wilde dat haar tegenstanders zich voelden. 'Doe niet zo mal,' zei ze lachend, en ze zwiepte haar lange zwarte haar op haar rug. 'Je weet best tegen wie het gericht is.'

Vervolgens draaide ze zich om en liep weg, sierlijk zwaaiend met haar racket. Game, set en match. Maar de verliezer was niet Julian. Dat was een veel kleiner iemand.

Voor het diner ter ere van de bezoekers van de Open Dagen was de kantine omgetoverd in een vijfsterrenrestaurant. De ondergaande zon scheen door de glas-in-loodramen en wierp gekleurde lichtvlekjes op de witlinnen tafellakens. Hoewel Tinsley het niet prettig vond dat al die idiote achtstegroepers erbij waren, was ze toch onder de indruk omdat rector Marymount zo veel moeite voor hen had gedaan. In de deuropening bleef ze staan om alles te bewonderen, en om iedereen de gelegenheid te geven te zien dat ze ondanks het mailtje van de rector toch heel rustig was en absoluut niet van streek.

Weg waren de pizza's en de pakken cornflakes. Zelfs de balie voor frisdrank was tegen de wand gezet en vervangen door een duizelingwekkend aantal obers en serveersters in keurig gestreken witte overhemden, zwarte broeken en witte handschoenen. Tinsley botste bijna tegen een van hen op, die rondliep met een dienblad vol hors d'oeuvres. Hors d'oeuvres? Blijkbaar was de rector bereid zijn portemonnee te trekken als de financiële toekomst van het Waverly in het geding was. Er hing zelfs een groot bord bij de ingang waarop prachtig gekalligrafeerd stond: GEEN MOBIELE TELEFOONS.

Ze was een van de laatsten die binnenkwamen, maar dat vond ze juist prettig. Dan keek iedereen naar je. Terwijl ze in haar zwarte jurkje van Chanel en met een panty van donker kant door de kantine liep, voelde ze alle blikken op zich gericht. Het jurkje was vrij vormeloos, maar ze liep op een suggestieve manier, waardoor iedereen zich zou afvragen wat er onder het jurkje verborgen zat.

Aan een van de lange tafels bij de enorme stenen haard, waarin voor de gelegenheid een hele stapel houtblokken brandde, zaten Sage, Benny en de anderen.

'Leuke jurk, Tinsley,' fluisterde Benny behoorlijk hard toen Tinsley langsliep.

'Dank je,' reageerde Tinsley op normaal volume. En dat deed haar beseffen hoe stil het in de kantine was. Iedereen zat met de hoofden bij elkaar te fluisteren, alsof ze bang waren dat ze schuld zouden bekennen door hardop te praten.

Aan de andere kant van de tafel zag Tinsley Callie zitten. Callie boog haar hoofd met het rossigblonde haar dichter naar Easy toe, die toch al zowat bij haar op schoot zat.

Ga toch naar een hotel, dacht Tinsley.

Callie trok haar wenkbrauwen op, om Tinsley te vragen erbij te komen zitten, en ze klopte op de stoel naast de hare. De Swarovski-armband met pareltjes die ze om haar pols droeg, tikte tegen het hout.

Tinsley drong zich tussen de andere Owls door naar Callies kant van de tafel, waar Heath een van de serveersters probeerde over te halen het blad hors d'oeuvres voor hem op tafel neer te zetten. Tinsley hoorde achter zich gefluister, en ze glimlachte tevreden. Ze vond het helemaal niet erg om verdacht te zijn van brandstichting. Iedereen die ooit een Agatha Christie had gelezen, wist dat de schuldige altijd degene is die je het minst verdenkt. Bijvoorbeeld iemand als de kleine Jenny Humphrey. Niemand zou zich toch kunnen voorstellen dat zo'n schattig meisje van nauwelijks een meter vijftig een schuur in de fik kon steken. Maar wanneer ze vanwege de brand van school zou worden getrapt, zou iedereen zich afvragen waarom ze zelf niet hadden ingezien dat het natúúrlijk Jenny was geweest die het had gedaan.

'Goeie entree,' zei Callie zacht. 'Zo meteen steekt Marymount een speech af.'

Tinsley nam plaats op de ongemakkelijke houten stoel die Callie voor haar had vrijgehouden. 'Nou, maar zonder mij zou hij heus niet beginnen,' fluisterde ze terug met een grijns.

Brandon Buchanan probeerde stiekem een briefje door te geven aan iemand die aan de andere kant van de tafel zat.

In een snelle beweging drukte Tinsley het servetje met de boodschap achterover. Zonder dat iemand het kon zien, vouwde ze het open. In Brandons verrassend nette handschrift stond erop geschreven: 'Denk je dat zij het heeft gedaan?'

Ze stak haar tong naar hem uit. Zou hij háár hebben bedoeld? Ze zou het echt niet erg hebben gevonden als die wijsneus van school werd getrapt. Ze verfrommelde het servetje. Ineens zag ze op alle tafels van die verfrommelde servetjes liggen, en meteen vroeg ze zich af hoeveel van die briefjes over haar zouden gaan.

'Hoi, Tinsley.' Heath knikte naar haar, net op het moment dat een van de serveersters, een leuke blonde onderbouwer, een heel blad gevulde champignons voor hem neerzette.

Tinsley keek alleen maar terug. Toen pas merkte ze dat er een nieuwe leerling naast hem zat. Hij had donkerblond haar dat op dezelfde manier met gel in model werd gehouden als het haar van Heath: aan de zijkant naar achteren gestreken, en bovenop artistiek door de war. Tinsley keek nog eens goed. Had Heath soms een jongere broer? Toen de jongen een champignon pakte, viel het haar op dat hij zich ook net zo bewoog als Heath. Hij propte de gevulde champignon in zijn mond zonder eerst de manchet van zijn lichtblauwe overhemd een beetje omhoog te schuiven. Het overhemd zag eruit alsof het afkomstig was van de meisjesafdeling van Bloomingdale's.

'Leuk overhemd,' zei ze, even vergetend dat ze had moeten fluisteren.

Iedereen keek haar aan, alsof ze zich hadden verscholen voor de vijand en Tinsley had verraden waar ze zaten.

'Ja, goed hè?' reageerde de nieuwe leerling, en net zoals Heath altijd deed, knikte hij erbij.

'Goed zo, Sam,' fluisterde Heath. Triomfantelijk balde hij zijn vuisten.

Meteen deed Sam hem dat na, waarna iedereen moest gniffelen.

'Ik wist niet dat je al vader was, Ferro.' Alan St. Girard boog zich voorover en griste een van de champignons weg. Voor de gelegenheid had hij zijn stoppelbaard afgeschoren, waardoor zijn rozige en mollige wangen goed te zien waren.

Met haar blik zocht Tinsley naar zijn vriendinnetje, en zag toen Alison Quentin met haar glanzende donkere haar aan een ronde tafel in de hoek zitten, met Jenny, en ook Chloe. Dat deed haar plezier. Terwijl ze een slokje water nam, keek ze nog eens goed rond en ontdekte toen Julian aan de tafel met squashspelers, in een andere hoek, ver weg van waar Jenny zat. Tevreden nam ze nog een slokje water, en deed alsof het champagne was.

'Hij is mijn beschermeling,' zei Heath trots. Hij sloeg Sam op zijn schouders. 'Hij zal het blazoen van de Ferro's hooghouden als ik hier allang weg ben.'

'En dat zou best eens heel gauw kunnen zijn, hè?' Tinsley glimlachte, leunde vervolgens naar achteren en sloeg haar armen over elkaar. Ze wist dat daardoor de aandacht werd gericht op haar volmaakte boezem.

'Dat zullen we dan wel merken,' reageerde Heath met een blik om zich heen.

Toen rector Marymount achter de katheder ging staan, klonk er gemompel. De katheder stond vooraan in de kantine, en was versierd met het wapen van het Waverly. Marymount keek uit over de aanwezigen en zei iets wat niemand kon verstaan. Daarop stak hij zijn hand onder de katheder en klikte de microfoon aan. Iedereen wierp elkaar blikken toe, maar het bleef verbazend stil. Nadat hij met twee vingers tegen de microfoon had getikt, klonk er een donderend gekraak. Toen werd er gegniffeld.

Tinsley hield haar gezicht echter in de plooi, ze keek zelfs niet weg toen Marymount zijn blik op haar richtte.

'Het is ons een genoegen onze jonge bezoekers welkom te mogen heten,' begon hij op ernstige toon, alsof hij het Hooggerechtshof toesprak en niet een stelletje ongeregeld op tienerleeftijd. 'Traditie speelt een belangrijke rol op het Waverly, en daardoor slagen we erin onze voortreffelijke naam hoog te houden. Het Waverly beschikt niet alleen over een uitstekende reputatie in de directe omgeving, maar ook ver daarbuiten. Bij ons staan eer en respect hoog in het vaandel, en dat kan alleen als we waarde hechten aan de waarheid.'

Tinsley kneep haar lippen opeen en keek met haar kin op haar hand naar de rector, zodat het leek alsof ze geïnteresseerd luisterde. Tersluiks wierp ze een blik op de laatste champignon op het blaadje, en meteen knorde haar maag.

'Respect voor elkaar en voor de gemeenschap is wat het Waverly maakt tot was het is: een instituut met een illustere naam,' ging Marymount verder. 'Vergeet niet dat het Waverly niet zomaar een school is. Het heeft een heel eigen karakter, een moreel niveau, en iedereen die zich in de Waverly-blazer hult en zich trots een Waverly Owl kan noemen, maakt deel uit van onze gemeenschap. Als we willen dat de school haar gerenommeerde naam met ere kan dragen, moeten wij als individu ook van onbesproken gedrag zijn. Want een Owl is boven alles een voortreffelijk burger die normen en waarden uitdraagt. Dat zijn de kwaliteiten waarover een leerling van het Waverly moet beschikken. Een Waverly Owl is een mens met principes, een eerzaam mens. Ik hoop dat jullie de bezoekers van de Open Dagen kunnen laten zien wat daarmee wordt bedoeld, en dat jullie een lichtend voorbeeld voor hen zullen zijn.' Hier laste Marymount een dramatische pauze in, om er zeker van te zijn dat iedereen goed oplette toen hij verder sprak. 'Het spreekt natuurlijk vanzelf dat eenieder die de normen en waarden van het Waverly niet belichaamt, hier niet thuishoort. Zo iemand is niets anders dan een smet op het blazoen en besmeurt de goede naam van de school, waar zo hard voor is gewerkt. Maar wees niet bang, zolang ík rector van deze school ben, zullen we ons niet hoeven schamen voor leerlingen die onze kwaliteiten niet uitstralen. Dat kan ik jullie beloven.'

Marymount keek op van de katheder en liet zijn kille blauwe ogen als een havik over de aanwezigen dwalen.

Tinsley keek naar haar tafelgenoten. Allemaal hadden ze hun blik afgewend, bang om oogcontact te maken met de rector.

De enige die niet onder de indruk was van de onheilspellende woorden van Marymount, was Sam, die net had ontdekt dat de knoopjes van zijn overhemd van roze parelmoer waren, en niet van wit. Ontzet keek hij ernaar.

Tinsley snapte niet dat hij de ronde boord niet had opgemerkt, of de plooitjes bij de schouders.

Weer keek ze in Jenny's richting. Jenny hing aan Marymounts lippen, en ze zag er verontrust uit. Zelfs haar krullen leken minder brutaal dan anders.

Chloe, die naast Jenny zat, ving Tinsleys blik op. Ze knipoogde naar Tinsley, zo overduidelijk dat ze net zo goed op tafel had kunnen staan roepen: ik ben Tinsleys vriendin!

Misschien was Chloe een beetje onhandig, maar ze hadden haar nu eenmaal nodig.

Tinsley glimlachte. Marymount wist nog niet dat de persoon over wie hij het had gehad, Jenny Humphrey was. Iemand met zulke enorme tieten kon toch niet over normen en waarden beschikken?

Aan:	JenniferHumphrey@waverly.edu
Van:	RufusHumphrey@poetryonline.com
Datum:	maandag 14 oktober, 22:27
Onderwerp:	Miauw!

Miauw, miauw (lieve Jenny),

Iedereen hier aan West 66th Street en West End Ave mist je, vooral ik, Marx de Kat. Zuur geworden melk smaakt niet hetzelfde als jij er niet bent, en ik kan maar nauwelijks de energie opbrengen om muizen te vangen op de brandtrap. Ik slaap tegenwoordig op je oude bed, maar het meisje dat daar nu in ligt, het haarloze meisje – welk ras is ze, een sfinx? – vindt dat niet echt fijn. Waarschijnlijk omdat ze zwart draagt, een kleur waarop mijn haren goed uitkomen.

Lieve Jenny, mijn lievelingsvrouwtje, wanneer zullen we elkaar terugzien? Je afwezigheid is net zo moeilijk te slikken als een hele grote haarbal.

Met vriendelijke groet,

Marx de Kat

PS Bel je vader eens! Hij lijkt erg eenzaam zonder jou. Hij zit me voortdurend te kammen.

13

De bibliotheek van het Waverly is bedoeld om in te studeren

Toen Callie dinsdagochtend klikklakkend op haar hoogge-hakte Costume National-schoentjes de hoek omsloeg van de tweede verdieping van de bibliotheek, rook ze een vleugje olieverf. Ze keek op haar ranke Cartier-armbandhorloge met diamantjes en glimlachte. Precies op tijd. Dit was haar eerste bezoekje aan Staxxx, een afgelegen hoekje dat uitsluitend bestemd was voor eindexamenleerlingen, en waar de spie-dende bibliothecarissen geen toezicht op hielden. De boeken hier waren over het algemeen oude encyclopedieën en ach-terhaalde informatieboeken, dus niemand kon er per onge-luk komen. Een ondernemende leerling was op de onder-ste planken een eigen bibliotheekje begonnen: stukgelezen exemplaren van *Lady Chatterley's minnaar, Lolita*, en een verzamel-bundel van Henry Miller met *Sexus, Nexus* en *Plexus*. Verder lag er natuurlijk het nummer van *Playboy* met de naaktfoto's van Madonna, dat was vastgeplakt onder de plank, met veel dank aan de leerlingen die in 1985 op school hadden geze-ten.

Ze zag Easy in een van de drie hokjes zitten, waarvan het bankje was bekleed met een kriebelige, oranjegeruite stof. De hokjes waren bedoeld om met een groepje te leren, maar meestal werd hier met zijn tweetjes 'gewerkt'.

'Hoi.' Easy's donkerblauwe ogen lichtten op toen hij haar zag. Hij legde *Kreeftskeerkring* neer. In zijn zwarte T-shirt en verweerde Levi, en met de donkere krullen die warrig over zijn voorhoofd vielen, zag hij eruit om op te vreten.

Callie liet haar zwartleren Pierre Hardy-tas vallen en plofte naast Easy op het bankje, waar ze hem ruw in haar armen sloot.

'Au!' Easy stootte zijn knie tegen het tafelblad. Hij grijnsde, en Callie haalde met haar vinger het restje tandpasta uit zijn mondhoek weg. 'Dank je, mam,' zei hij lijzig.

Callie gaf hem een speelse mep op zijn schouder en schoof toen bij hem weg. Daarna liet ze haar hand over zijn been dwalen, een mooi, gespierd jongensbeen met stevige knieën onder de zacht geworden spijkerstof. Ze kon haar blik niet afhouden van zijn prachtige blauwe ogen. Die deden haar denken aan de zee, maar niet het heldere turkooise van de zee bij de Cariben, waar iedereen zo graag in snorkelde, maar meer aan donker zeewater, zoals van de Atlantische Oceaan, die oneindig diep was.

Easy boog zich naar haar toe en kuste haar op de lippen. Het begon als een tedere, lieve kus, maar werd toen steeds hartstochtelijker, totdat ze elkaar moesten loslaten. Ze keken elkaar aan en wisten allebei waar de ander aan dacht.

'Zal ik *Lolita* op het boekenkarretje bij de deur leggen?' vroeg Easy zacht. Als dat boek daar lag, betekende het dat degenen die in Staxxx waren, niet gestoord mochten worden. Wanneer Easy opgewonden was, werd het accent van Kentucky meer uitgesproken.

Callie kon nauwelijks aan hem horen dat hij al tweeënhalf jaar op een chique kostschool aan de oostkust zat.

Hij liet zijn hand dwalen over de tailleband van haar Habitual-spijkerbroek met de superstrakke pijpen, en streelde haar onderrug.

Callies maag deed raar, net zoals wanneer ze met de snelle lift naar het kantoor van haar vader ging, in een wolkenkrabber in Atlanta.

'Stel dat we worden betrapt?' vroeg ze niet echt bezorgd. Er kwam 's ochtends geen hond in de bibliotheek, en bovendien had iedereen het veel te druk met roddelen over de brand in de schuur om ook maar te denken aan gaan leren in Staxxx. Ze trok haar auberginekleurige TSE-trui uit, en onthulde zo een dun wit hemdje van Anthropologie.

'Wat kan het ons schelen?' Easy haalde zijn schouders op. 'Dit is misschien onze laatste kans. En daar moeten we gebruik van maken.' Hij had het als grapje bedoeld, maar zodra hij het had gezegd, voelde hij zich misselijk. Sinds hij dat mailtje van de rector had gekregen, was hij een wrak en kon hij nauwelijks slapen. Hij had al vaker problemen gehad op school, en ook al had hij gehoord dat Julians aansteker was gevonden, had hij toch het gevoel dat het mailtje uitsluitend tot hem was gericht, en tot niemand anders. Het zou hem niet verbazen als hij nog voor het einde van de week van school zou worden getrapt, worden onterfd door zijn vader, en naar een bijzonder strenge jongenskostschool gestuurd. Toch was hij niet zozeer bang voor zichzelf, maar voor Callie. Hoe moest het met haar als hij van school werd verwijderd? En hoe moest het met hem als zíj van school werd getrapt?

'Doe niet zo mal.' Callie schudde haar hoofd, waardoor haar golvende blonde haar om haar blote schouders zwierde. 'Wij gaan nergens heen.'

Easy legde zijn hand in haar hals, genietend van haar zachte, warme huid. 'Het was maar een grapje... Schat, Marymount wil per se iemand van school sturen. En wij waren in de schuur. Waarschijnlijk staan wij het hoogst op het lijstje verdachten.' Hij liet zijn hand over haar schouder glijden. 'Maak jij je dan geen zorgen?' Misschien nam hij het wel te zwaar op, want Callie leek totaal niet verontrust. Hoe kon dat? Wist zij iets wat hij niet wist?

Schouderophalend keek ze hem onbezorgd aan met haar

bruine ogen. 'Ik vertrouw erop dat de schuldige straf krijgt.' Ze drukte een kus in zijn hals. 'Ontspan eens een beetje,' fluisterde ze hees.

Maar hij kon niet ontspannen. De ochtend na de brand had Callie gezegd dat ze ervan overtuigd was dat Jenny uit jaloezie brand had gesticht. Dat betekende dat als Callie het over de schuldige had, ze Jenny bedoelde. En dan was er nog dat geheimzinnige telefoontje met Tinsley, toen ze in de stal waren. Raar dat Callie en Tinsley ineens weer bevriend waren... Plotseling ging Easy rechtop zitten. 'Je bent toch niets van plan, hè?' vroeg hij. In de stilte die volgde, was hij bang dat hij er te veel achter had gezocht, maar het was al te laat.

Callie knipperde met haar ogen. Haar wimpers waren blond en mooi zonder al die zwarte troep die ze er meestal op smeerde. 'Natuurlijk niet.' Ze schudde haar hoofd, waardoor haar rossigblonde haar door de war kwam te zitten. Een paar weken geleden had ze haar haren geknipt, het kwam nu tot net over haar schouders, en omlijstte haar lange, magere hals. 'Ik bedoelde dat wij het niet hebben gedaan, en we ons dus ook geen zorgen hoeven te maken.' Ze boog zich naar hem toe en sabbelde even aan zijn oorlelletje, waardoor hij haar warme adem in zijn oor voelde. 'Waar waren we gebleven?'

Hij sloot zijn ogen. Het was fijn om bij Callie te zijn. Hij wilde hun relatie niet laten verpesten door het mailtje met verdachten. Als Callie zei dat er niets aan de hand was, dan was dat zo. 'We zijn hier gebleven,' fluisterde hij, en hij kuste haar zachte lippen. Vanaf het begin had Callie gezegd dat niets anders ertoe deed nu het weer aan was.

CallieVernon:	Ik kan er niet mee doorgaan.
TinsleyCarmichael:	Hè?
CallieVernon:	Easy denkt dat ik iets van plan ben.
TinsleyCarmichael:	Nou en?
CallieVernon:	Ik wil niks op het spel zetten. Kun jij het van me overnemen?
TinsleyCarmichael:	Jezus, word eens volwassen, Callie!
CallieVernon:	Doe nou niet zo vervelend. Je weet best dat het je in je eentje vast veel beter afgaat.

Een Waverly Owl weet dat een schilderij voor zichzelf kan spreken

Normaal gesproken was Jenny dol op de geluiden van haar lievelingsles: portrettekenen. Het krassen van de krukpoten over de betonnen vloer, het zachte geluid van de penselen op canvas, dat alles was een hele inspiratie. Zodra ze de geur van olie en terpentine had opgesnoven, was er geen houden meer aan.

Maar vandaag wilde het maar niet lukken. Zelfs met haar ArtBin-schetsboek voor zich, en al haar Derwent-potloden netjes op een rijtje, waren haar handen traag en sloom. Ze staarde naar het witte papier. Aan het begin van de les had mevrouw Silver gezegd dat ze mochten tekenen of schilderen wie of wat ze maar wilden, zolang ze er maar hun diepste gevoelens in legden. Het klonk behoorlijk hippieachtig, maar iedereen vond het fijn even niet aan regels gebonden te zijn. Terwijl alle anderen druk in de weer waren, zat Jenny daar als verstijfd. Ze had haar diepste gevoelens zo verdrongen dat ze nauwelijks meer wist wat ze waren.

Plotseling verscheen mevrouw Silver naast haar. Ze keek Jenny vragend aan met haar vriendelijke gezicht. Ze droeg een korte paarse tuniek met zeepaardjes erop gebatikt, met daaronder een zilverkleurige legging en donkerbruine Ugg-laarzen.

'Kun je geen beginnetje maken?' vroeg ze terwijl ze een mollige hand op Jenny's schouder legde.

Jenny knikte afwezig.

'Leg je potlood eens neer,' zei mevrouw Silver.

Jenny legde het potlood in het bakje, op het goede plekje tussen 2B en 4B. Sinds wanneer was ze zo netjes geworden?

'En haal nu eens diep adem.'

Jenny haalde diep adem, in de hoop dat de anderen niet zouden denken dat ze op het punt stond een toeval te krijgen.

'Nee, nee.' Mevrouw Silvers haar zat in twee rommelige knotjes op haar achterhoofd, en elke keer dat ze haar hoofd bewoog, raakte er weer een sliert los. De zeepaardjes op het jurkje leken te dansen. 'Niet diep genoeg. Doe maar over.'

Verlegen keek Jenny om zich heen terwijl ze echt heel diep inademde, zodat haar longen werden gevuld met naar terpentine ruikende lucht. Ze voelde dat haar borstkas uitzette, en dat was bij haar nu niet bepaald nodig. Maar algauw merkte ze ook dat er weer leven kwam in haar armen en handen, en vervolgens in haar hele lichaam. Ze blies de lucht uit. Het kon haar niet schelen of er naar haar werd gekeken.

'Zo, dat is beter.' Mevrouw Silver giechelde blij en zette haar handen in haar zij. Daarna zei ze zo zachtjes dat Jenny het amper kon verstaan: 'Je moet verbinding leggen met je onderbewuste. Deze oefening heeft ten doel dat je loslaat, dat je tekent zonder jezelf beperkingen op te leggen.' Met vlugge gebaren maakte ze schetsende bewegingen. 'Het hoeft niets voor te stellen. Wanneer het klaar is, zie je misschien zelf niet wat het is. Zet je potlood op papier en kijk wat er gebeurt.'

Weer knikte Jenny. De gedachten spookten door haar hoofd, vooral gedachten aan Marymounts verholen dreigement tijdens het diner van de vorige avond. En dan was er ook nog het feest van ONS. Eerst had Jenny niet willen gaan. Ze had niet veel zin in feesten als Callie en Easy erbij waren, misschien wel hun laatste avond samen. Maar sinds ze Marymounts mailtje had gekregen, voelde ze zich geïsoleerd. Ze vroeg zich af of de andere verdachten ook merkten dat het ineens stil werd wanneer ze ergens binnenkwamen. En waarom was Julian bij het diner niet naast haar komen zitten? Ze had zich erg teleurgesteld gevoeld toen ze hem met de jongens van het squashteam had gezien. Maar het kon ook zijn dat hij haar eerst niet had gezien, en vervolgens niet had durven opstaan nadat Marymount aan zijn toespraak was begonnen.

'Je bent nog steeds niet echt ontspannen. Kom, we proberen wat anders. Doe je ogen eens dicht?' Mevrouw Silver hield een hand voor Jenny's ogen, en Jenny rook haar lotion. 'Pak nu maar een potlood en begin te tekenen. Denk nergens aan. Beweeg alleen maar het potlood over het papier.'

Jenny wist zeker dat iedereen naar haar keek, maar toch deed ze wat haar werd opgedragen. De geur van mevrouw Silvers rozenlotion was verstikkend. Ze bewoog haar potlood over het papier, als de naald van een leugendetector wanneer de verdachte de meest waanzinnige leugens vertelt. Algauw kwam ze er helemaal in, en zag ze in haar hoofd wat ze tekende. Toen mevrouw Silver haar geurige hand weghaalde, hield Jenny haar ogen stijf dicht. Door het licht dat door haar oogleden scheen, zag ze alles in een rood waas.

'Heel goed,' zei mevrouw Silver. 'Nu heb je je draai gevonden. Stel je maar voor dat je hersens niet meedoen, en dat je je onderbewustzijn laat spreken via je potlood. Ga zo door, en houd je ogen dicht als je dat wilt.'

Jenny hoorde mevrouw Silver verder lopen naar een andere leerling. Ze deed haar ogen open, maar in plaats van op haar papier te kijken, staarde ze uit het enorme raam van het tekenlokaal. Ze zag de wind de helderrode berkenbladeren bewegen. Toen het ging regenen, gleden de druppels over het glas naar beneden.

Na een heel lange tijd kwam Jenny uit haar trance. Een paar tafels verder hoorde ze dat Alison haar potlodendoosje met een ferme klik sloot. Toen pas keek Jenny naar wat ze had getekend.

Ze schrok ervan. Had zíj dat gemaakt? Het papier was gevuld met een wirwar van lijnen, en toch was duidelijk te zien wat het voorstelde. Het was een gebouw waar de vlammen uit sloegen, en overal renden donkere gestalten. Jenny concentreerde zich op twee gestalten die leken stil te staan, zich onbewust van de dansende vlammen in een omhelzing te midden van de chaos. Alleen Jenny wist wie ze waren.

Bijna meteen beleefde ze alles opnieuw. Easy en Callie die het stiekem weer aan hadden gemaakt. Callie, die haar had bedrogen, die hun vriendschap had verraden. Easy, die toen het aan raakte met Jenny, had gezegd dat het al heel lang uit was met Callie. Nog weer een leugen.

'Wauw, dat is heel intens.' Alison boog zich over Jenny's tekening. Haar lange zwarte haar viel naar voren en kriebelde op Jenny's blote onderarm.

Met een ruk kwam Jenny in de werkelijkheid. 'Dank je.'

'Ik weet niet eens wat mijn tekening voorstelt.' Alison liet Jenny haar tekening zien, die bestond uit stippen en krullerige lijntjes rondom een vierkant. 'Mijn onderbewuste is veel minder interessant dan het jouwe.'

Jenny keek naar haar eigen tekening. Ze zou kunnen zweren dat ze het vuur hoorde loeien en knapperen, en dat ze de stank van verbrand hout kon ruiken. Ze was blij dat ze haar onderbewuste naar buiten had laten komen in de les portrettekenen, de enige tekenles die ze niet volgde met Easy.

'Wie denk je dat er van school wordt gestuurd?' vroeg Alison zachtjes.

Jenny keek naar de figuurtjes in het midden van de tekening, en herinnerde zich dat Callie halfnaakt was geweest, en dat Easy Callies magere lichaam had gestreeld. 'Callie en Easy waren de enigen in de schuur. En ze rookten.' Jenny haalde haar schouders op. 'Dat heb ik tenminste gehoord.'

'Denk je dat ze allebei weg moeten?' fluisterde Alison.

Ineens werd Jenny zich bewust van iemand die achter haar stond, en ze kreeg het akelige gevoel dat ze in de gaten werd gehouden. Expres liet ze haar potlood vallen en pakte het toen op, waarbij ze even omkeek. Het was Chloe maar, die er heel onschuldig uitzag in een geelgestreept polojurkje van Ralph Lauren, en die met een staafje houtskool speelde. Ze was de hele les zo stil geweest dat Jenny was vergeten dat ze er was. Mevrouw Silver had gelijk, Jenny moest zich eens meer ontspannen. Ze kreeg nog last van achtervolgingswaan. 'Misschien wel,' antwoordde ze op Alisons vraag.

'Ik wilde maar dat dat gesprek met Marymount achter de rug was.' Alison slaakte een diepe zucht. 'Ik raak ervan in de stress, en daar krijg ik puistjes van.' Ze wees naar haar wang, waar een bijna onzichtbaar puistje onder haar linkeroog zat. Het leek eigenlijk meer op een sproetje.

'Waar gaan we nu naartoe?' vroeg Chloe ineens.

Jenny viel bijna van haar kruk. Ze had kamillethee nodig. Of Julian. Julian wist hoe hij haar kon laten ontspannen.

'Zal ik met Jenny meegaan?' vroeg Chloe gretig. Haar blonde paardenstaartje wipte op en neer terwijl ze achter hen aan liep.

Jenny wilde van nee schudden, want ze had niet genoeg energie om een eventuele leerling op sleeptouw te nemen. Meteen voelde ze zich schuldig. 'Ja, kom maar met mij mee.' Per slot van rekening wist ze nog heel goed hoe het was om je op het Waverly verloren te voelen.

Owlnet instant message inbox

JennyHumphrey: Ik heb zo'n nieuwe leerling onder mijn hoede. Help je me haar bezig te houden?

JulianMcCafferty: Oké.

JennyHumphrey: Na de les in het koffiehoekje in Maxwell?

JulianMcCafferty: We kunnen ook van het schoolterrein af gaan... Ritoli's?

JennyHumphrey: Ha, pizza! Afgesproken!

Owlnet instant message inbox

BrandonBuchanan: Hé, andere ONS, hoe gaat het?

SageFrancis: Gaat wel. Een beetje zenuwachtig.

BrandonBuchanan: Daarom nam ik ook contact met je op. Om onze smart te delen.

SageFrancis: Vind je dat we een alibi moeten verzinnen?

BrandonBuchanan: Dat lijkt me wel het minste.

SageFrancis: Oké. We dekken elkaar.

BrandonBuchanan: Prima. Ik kan dekken als geen ander. Zie ik je vanavond op het feest?

SageFrancis: Tuurlijk.

15

Tijdens bezoek van het andere geslacht moet de deur van de kamer openstaan

Brett klopte op Kara's dichte deur, waarbij haar armbandjes met turkooise en rode kraaltjes rinkelden. Yvonne Stidder had op Kara's mededelingenbord geschreven dat ze met haar wilde gaan lunchen. Gek... Door alle gebeurtenissen was Brett bijna vergeten dat er nog andere mensen bestonden dan Kara en de andere verdachten.

In de afgelopen paar dagen had Brett vaak moeten denken aan de aquaria in de hal van haar ouderlijke huis. Je kon altijd zien of er een tetra of regenboogvisje ziek was, want dan bleven de andere vissen bij hem uit de buurt, alsof ze de naderende dood al konden ruiken. Brett voelde zich als zo'n ziek visje. Maar ze was niet de enige. Achter gesloten deuren wist ze zeker dat andere verdachten zaten samen te zweren. Ze beriepen zich op hun vriendschap en gunsten die ze hadden verleend om zich te wapenen tegen Marymounts toorn. Daarom ook had ze Kara nu nodig. Na het gesprekje met meneer Tomkins van gisteren was de angst haar om het hart geslagen. Ze wilde dat Kara en zij elkaars alibi konden bevestigen.

'Binnen.'

Ze duwde de deur open. Heath Ferro lag languit naast Kara op bed met zijn hoofd op haar benen terwijl ze in kleermakerszit zijn blonde haar vlocht. Wat had dát te betekenen?

De nieuwe leerling die Heath onder zijn hoede had genomen, hing op de beanbag in de hoek met zijn voeten tegen het raam aan. Hij bestudeerde een Batgirl-strip. Waarschijnlijk stelde hij zich Batgirl zonder kleren voor. Uit het sounddock klonk een nummer van de Beastie Boys, en iedereen was geconcentreerd bezig. Het zag er zo sereen en huiselijk uit dat het Brett niet zou hebben verbaasd als er daarna klassieke muziek te horen zou zijn geweest.

'Weer een gebed dat is verhoord.' Heath' ogen lichtten op. Gauw ging hij rechtop zitten en maakte hij plaats op het Batgirl-dekbedovertrek. Zijn vlechtjes stonden alle kanten op.

Voorzichtig ging Brett tussen Heath en Kara in zitten. 'Nou...' Ze keek Kara aan en vervolgens Heath. 'Wat doen jullie?' Sinds wanneer maakte Kara vlechtjes in Heath' haar?

'Ik ben consulent voor het feest van vanavond.' Kara ging glimlachend verzitten. Ze droeg een rokje met stippen en heel veel plooitjes, net een tutu. 'Heath had een paar belangrijke vragen waar hij antwoord op wilde hebben,' voegde ze eraan toe. Ze keek naar Heath, en die knipoogde naar haar.

In het Waverly-T-shirt dat hij al droeg sinds hij Marymounts mailtje had ontvangen, een niet erg serieuze manier om aan te tonen dat hij de school een warm hart toedroeg, en in zijn versleten Citizens of Humanity-spijkerboek, leek Heath een typische leerling van een dure kostschool.

'Vinden jullie niet dat we beter onze alibi's op elkaar kunnen afstemmen dan te gaan feesten?' Brett stond op. Ze trok haar witte Reyes-topje goed en draaide zich toen om naar Kara en Heath op het bed.

'Ik heb liever een feest dan een proces,' zei Heath met een lome grijns. Door zijn T-shirt heen krabde hij op zijn buik. 'Kom op, die lijst van Marymount stelt niks voor. Ik weet wat het eigenlijk is: een excuus om je te bezatten en lessen over te slaan.' Hij stak zijn hand voor een high five uit naar Sam. 'Zo is het toch, jongen?'

Met open mond staarde Brett hem aan. Heath maakte zich

nooit ergens druk om. Besefte hij dan niet hoe erg de toestand was? Morgen al kon een van hen van school worden getrapt.

'Wil je niet weten wat wíj deden op het feest bij de schuur?' vroeg Brett uitdagend. Ze zette haar handen in haar zij en keek Heath strak aan. Naar Kara durfde ze niet te kijken.

'Sam, jongen.' Heath draaide zijn hoofd met vlechtjes in de richting van zijn kleinere evenbeeld. 'Ga jij eens naar de gang. Ik moet de meisjes even alleen spreken.'

Sam sprong op van de beanbag, en even leek het erop alsof hij voor Heath zou salueren. 'Tot uw orders,' zei hij met zijn verrassend zware stem. Hij hield zijn hand op voor een high five, maar Heath maakte een schoppend gebaar en stuurde Sam weg.

'Wat denk je dat hier gaat gebeuren?' Brett sneed Sam de weg af. 'Dat we een orgie gaan houden?' Ze had het als grapje bedoeld, maar het kwam er bits uit.

'Rustig maar, schat,' zei Heath, nog steeds met een grijns en fonkelende groene ogen. 'Laat je toch eens lekker gaan.'

Kara giechelde zenuwachtig, alsof ze niet goed wist wat ze moest doen. Ze zette haar bril af en keek Brett met schuingehouden hoofd vragend en onzeker aan.

'Ik héb me laten gaan.' Brett kon zich niet meer inhouden. 'En kijk wat er is gebeurd?' Dat had ze voor Heath bedoeld, maar Kara knipperde met haar ogen en zag eruit alsof ze een klap in haar gezicht had gekregen. Brett wilde haar verontschuldigingen aanbieden, maar met Heath en zijn schaduw erbij kon ze alleen maar achteruit de kamer uit lopen. Ze deed niet eens de deur achter zich dicht.

Kara kwam achter haar aan de gang op en sloot de deur met een zacht klikje. 'Wat is er?' Er stond een bezorgde blik in haar bruine ogen.

Nu Kara geen bril meer op had, kon Brett goed haar lange donkere wimpers zien, die ook zonder mascara krulden.

Schouderophalend friemelde Brett aan de parelmoeren knoopjes van haar topje. Ze wilde Kara graag vertellen over wat er in het kantoor van Marymount was gebeurd, en dat ze zich ernstig zorgen maakte. Ze wist dat ze niets verkeerds hadden gedaan. Ze hadden niets te maken met de brand, en zoenen met een meisje was niet tegen de regels. Maar ze besefte ook dat zodra ze zouden worden ondervraagd, er van alles zou kunnen gebeuren. De mogelijkheid bestond dat ze van school zouden worden gestuurd. Maar dat durfde ze allemaal niet te zeggen. 'Ik ga een dutje doen. Tot straks op het feest.'

'Weet je zeker dat je niet terug naar binnen wilt?' Kara maakte een hoofdgebaar in de richting van de deur. Er klonk een nummer van Amy Winehouse waar Brett dol op was. 'Ik heb pindakoeken uit de kantine voor je meegenomen,' voegde Kara er hoopvol aan toe.

Brett schudde haar hoofd. 'Nee. Jullie hebben veel meer lol zonder mij.' Ze draaide zich om en liep weg door de gang. Als ze had omgekeken, zou ze de gekwetste uitdrukking op Kara's gezicht hebben gezien.

16

Een verstandige Owl kietelt een andere Owl alleen wanneer hij daartoe is uitgenodigd

Brandon luisterde nauwelijks naar het deprimerende nummer van Wilco terwijl hij op bed lag te denken aan Marymounts lijstje. Hij had een beter alibi nodig dan dat hij zijn vriendin vijf minuten voordat de brand begon de les had gelezen. Marymount zou hem waar iedereen bij was het hele incident laten naspelen, en dat zou betekenen dat zijn hele verdere schooltijd iedereen gniffelend zou fluisteren wanneer hij langsliep: ik hoef niet álles te pikken. Shit. In elk geval had Sage Francis aardig op zijn berichtjes gereageerd. Het was misschien een beetje laf om een meisje via sms'jes te benaderen, maar je kon het een jongen niet kwalijk nemen dat hij eerst even wilde weten hoe het ervoor stond. Want stel dat die Chloe het verkeerd had verstaan? Hij had totaal geen zin in nog zo'n ramp als met Elizabeth. Deze keer ging hij langzaam en voorzichtig te werk. Hij had het zaad geplant, en vanavond op het met alcohol doortrokken feest van Heath zou hij het begieten.

Een roffel klonk dwars door een rustig stukje zang van zijn lievelingsnummer. Het duurde even voordat het tot hem doordrong dat het niet de drums waren, maar dat er iemand op de deur klopte. Als het weer die verdomde Sam was, zou hij hem wurgen. Maar Sam was geen type dat op de deur klopte. Die ochtend was hij naar binnen gestormd toen Brandon zich na het douchen nog aan het afdrogen was. Het rotjoch had Brandon gevraagd welke kleur japonnetje hij die dag zou aantrekken. Hij ontwikkelde zich echt als een kloon van Heath.

De deur zwaaide open en daar stond Sage Francis, gekleed in een Chanel-jurkje met een pied-de-poulemotiefje, en met haar lichtblonde haar uit haar gezicht gehouden door twee kleine speldjes in de vorm van een libel.

'Hoi,' zei hij. Hij deed zijn best niet verbaasd te kijken. Hij streek door zijn haar en werd zich ineens erg bewust van zijn effen witte Hanes-hemd. Er zaten toch geen zweetplekken onder zijn oksels? Hij was blij dat hij een grijze Theory-broek had aangetrokken waar nog een keurige vouw in zat.

'Hoi.' Sage lachte vol zelfvertrouwen.

Brandon had altijd gedacht dat Sage gewoon maar zo'n giechelvriendin van Callie was, maar nu ze daar in haar eentje in de deuropening stond, zag ze er op de een of andere manier heel anders uit.

'Eh... alles kits?' vroeg Brandon nonchalant. Het was prima om langzaam en voorzichtig te werk te gaan, maar op zo'n overval was hij niet voorbereid. Schaapachtig keek hij om zich heen, en hij hoopte maar dat ze Heath' boxershort met rode stippen niet op de grond zou zien liggen. Of als ze die wel zag, dat ze zou denken dat die niet van hém was.

Sage haalde haar schouders op. 'Na die sms'jes dacht ik dat ik even langs moest komen.' Ze knikte in de richting van de Latijnse grammatica die open op Brandons bed lag, op het dekbedovertrek van Ralph Lauren.

Haastig stond hij op en streek het donzen dekbed glad.

'Was je aan het leren?' vroeg ze.

Brandon schudde ontkennend zijn hoofd. De volgende morgen moest hij inderdaad een stuk tekst uit zijn hoofd kennen, maar hij zou de les waarschijnlijk toch moeten missen omdat hij bij de rector op het matje was geroepen. Wat had hij liever? 'Ik dácht erover om te gaan leren.'

Sage giechelde.

Dat stelde Brandon gerust. 'Kom binnen,' zei hij, en hij was blij dat ze de deur open liet staan toen ze binnenkwam. Dan zou het niet zo bedompt worden op de kamer, want die stank van Heath kon lang blijven hangen. Het leek hier soms wel de gorillakooi.

'Ik heb woensdag een proefwerk wiskunde, maar ik kan er niet goed voor leren, want misschien ben ik tegen die tijd al van school getrapt.' Sage ging op de rand van Brandons bed zitten.

Ze zat daar zo elegant, en het wit van de sprei op het voeteneind stak zo stralend af tegen haar gebruinde benen, dat Brandon zijn rug rechtte.

'Kom op, zeg, waarom zou jíj nou van school worden gestuurd?' vroeg hij. 'Jij had niks met de brand te maken.' Hij hoopte dat het niet op een vraag leek. Eerlijk gezegd dacht hij niet dat Sage brand had gesticht. Het leek bijna onmogelijk dat een meisje met zulk korenblond haar en zulke helderblauwe ogen zoiets zou kunnen doen. Sage was een toonbeeld van onschuld. Ze was het soort meisje dat met vleugeltjes op een wenskaart stond.

Weer haalde ze haar schouders op, en liet toen een vinger dwalen over een piepklein ophaaltje in het dekbedovertrek dat Brandon nog helemaal niet had opgemerkt. 'Nou, ik sta immers op de lijst.'

'Iederéén staat op de lijst.' Brandon maakte een wegwuivend gebaar, in de hoop dat hij geruststellend zou overkomen. Als híj een lijst had mogen opstellen, zouden er niet veel namen op hebben gestaan. Die van Tinsley, omdat hij haar er best voor aanzag om brand te stichten, en die van Easy Walsh, en niet alleen omdat Brandon graag zou willen dat Easy van school werd gestuurd. Hoewel hij de laatste tijd tot de ontdekking was gekomen dat Easy eigenlijk wel meeviel, kon hij toch niet vergeten dat Easy en Callie halfnaakt uit de schuur waren gerend.

Hij dacht niet dat ze expres brand hadden gesticht, maar ze waren de enigen van wie kon worden bewezen dat ze in de schuur waren geweest. En hij vond het geen prettige gedachte dat zijn ex het met Easy in een schuur deed. Een schuur! Ranzig, hoor. Hij had zich over Callie heen gezet, maar een meisje als zij verdiende dure, linnen lakens voor haar eerste keer, en geen hooibaal. Als de geruchten over wat Callie en Easy daar hadden gedaan tenminste op waarheid berustten, en dat wist je hier maar nooit.

'Maak jij je dan geen zorgen?' vroeg Sage ongelovig. Haar mond viel zo ver open dat Brandon een zilverkleurige vulling kon zien. Ze schuifelde met haar voeten en blies een lokje haar uit haar gezicht.

Even vroeg Brandon zich af of zij het in een schuur zou willen doen. Ze leek hem meer het type voor een hemelbed met veel kant. Meer Brandons type.

'Leuke jurk,' flapte hij eruit, toen het tot hem doordrong dat hij naar haar benen staarde. Leuke jurk... Dat klonk heel onschuldig, en wie wilde nu niet horen dat haar jurk leuk was? Maar hij vroeg zich af of hij niet als een homo klonk.

'Een tweedehandsje,' zei ze, en ze streek over de zoom.

'Wauw.' Brandon trok zijn wenkbrauwen op. 'Goh...' Meisjes vonden tweedehandskleren vaak cooler dan gewoon nieuwe. Daar snapte hij niets van. In tweedehandskleding hadden andere mensen lopen zweten.

Verlegen keek ze hem aan vanonder haar lange wimpers. 'Deze is afkomstig van een rommelmarkt in Great Barrington.'

Brandon moest lachen. Hij herinnerde zich vagelijk dat Sages ouders iets met keramiek deden in Massachusetts, maar nu zag hij haar naar Chanel-jurken zoeken op een kraam vol afdankertjes van bejaarde dames. Dat was niets voor een leerling van het Waverly, en dus heel vertederend.

'Aan niemand vertellen, hoor.' Ze zei het spottend, en toen

ze zich samenzweerderig naar hem toe boog, kon hij in haar decolleté kijken.

'Heb je nog meer geheimen?' Hij streek door zijn goudbruine haar en trok vragend zijn wenkbrauwen op.

'Mijn tweede teen is langer dan mijn grote teen,' antwoordde ze meteen. Daarna stak ze haar voet uit en beet speels op haar lip.

'O, maar dat is een teken van genialiteit! Laat eens zien?' Hij deed net alsof hij Sages zwartsuède schoenen met plateauzolen wilde uitrekken, maar ze trok giechelend naar benen op. Daardoor bewoog het bed met een suggestief piepend geluid waarvan ze allebei even schrokken, om daarna in lachen uit te barsten.

'Je mag niet zomaar aan meisjesvoeten zitten,' zei ze koket. Ze bloosde een beetje. 'Zoiets moet je verdienen!'

Met een lach keek hij haar aan. 'En hoe kun je dat...' Hij zweeg toen hij Heath in de deuropening zag staan, met zijn schaduw achter zich.

'Sorry.' Heath hijgde, en zijn versleten grijze Waverly-T-shirt plakte tegen hem aan. Zijn haar was gedeeltelijk in kleine vlechtjes gevlochten, alsof iemand er plotseling mee was opgehouden. De vlechtjes zagen eruit als onkruid dat zijn kop opsteekt in een tuin. 'Zeg, Sam komt jullie een poosje gezelschap houden.'

'Maar ik blijf liever bij jóú,' jammerde Sam. Hij had ook een Waverly-T-shirt aan, maar dat zag eruit alsof hij het nog maar pas had gekocht in een van de winkeltjes met Waverly-spullen in Rhinecliff.

Brandon keek eens naar Sage, die moest giechelen om Heath en Sam. Ze stond gauw op van het bed en trok haar strakke jurkje goed.

'Jongen, ik had wel dood kunnen zijn, en dat zou dan jouw schuld zijn geweest. Blijf jij nou maar hier,' zei Heath tegen

Sam. Daarna richtte hij zich tot Brandon. 'Ik moet wat regelen voor het feest van vanavond, en hij loopt in de weg. Zorg dat hij hier blijft.' Vervolgens liep hij de gang op, met Sam op zijn hielen.

Blijkbaar vond Sam Heath leuker dan de PSP.

Langzaam liep Sage naar de deur, waarbij haar blonde haar om haar schouders golfde. 'Eh... dan ga ik maar, oké?'

'O, ja, oké.' Brandon knikte, niet zeker of hij haar moest vragen te blijven. Hij was blij dat Heath en Sam even weg waren, zodat hij afscheid kon nemen zonder nieuwsgierige pottenkijkers. 'Ik zie je straks toch op het feest, hè?'

Met een ondeugende lach keek ze om. 'Tuurlijk.'

De deur ging dicht. Brandon ging weer op het geruite dekbed liggen en voelde met zijn blote voeten aan de sprei waarop Sage had gezeten. Het plekje was nog warm. Als hij bofte, zou Sage in de juiste stemming van nu of nooit zijn op het feest. Net zoals hij.

SageFrancis:	Brandon maakt het me veel te makkelijk.
AlisonQuentin:	Echt waar? Dat zei ik toch...
SageFrancis:	Een meisje mag toch hopen...
AlisonQuentin:	Nu maar hopen dat we er morgen allemaal nog zijn om van onze jongens te genieten.
SageFrancis:	Wauw, je verpest mijn goede humeur :-(
AlisonQuentin:	Grapje! Maar maak je geen zorgen, Brandon zal je vanavond heus wel weten op te beuren.

17

Een wijze Owl weet dat flirten nog leuker is als andere Owls het zien

'Patat, pindasaus en pistachenootjes,' zei Julian. Hij trok een gezicht naar Chloe, maar Jenny moest er ook om lachen. 'Nu is het mijn beurt. Een heel moeilijke.' Geconcentreerd fronste hij zijn wenkbrauwen. 'Met een V, maar je mag geen vlees zeggen.'

'Oké.' Chloe nam de uitdaging aan om drie dingen op een pizza te verzinnen die absoluut onsmakelijk waren, én die met een V begonnen.

Julian keek op zijn horloge. 'Begin maar.'

'Vanillevla...' Chloes stem stierf weg terwijl ze naar nog iets ranzigs zocht.

Jenny zag dat Julian Chloe opgetogen een por gaf. Ze was blij dat Julian had voorgesteld een pizza te eten bij Ritoli's, ver weg van de roddelende Owls. Het was fijn om de geur van de in de boenwas gezette vloeren eens niet op te snuiven, en te vervangen door de heerlijke pizzalucht.

Ritoli's was een familiebedrijf dat al jarenlang in Rhinecliff was gevestigd. Waarschijnlijk leefden ze van de bestellingen die de jongens van het Waverly 's avonds plaatsten, en natuurlijk ook van de meisjes die hier kwamen lunchen. De meisjes kwamen er graag omdat er heel knappe Italiaanse jongens als ober werkten, met een olijfkleurige huid, gespierd, en altijd bereid de bestelling op te nemen. Niet dat Jenny in zo'n jongen was geïnteresseerd. Zij richtte haar aandacht op de lange jongen met warrig haar die naast haar zat.

'Vossenbessen!' riep Chloe plotseling uit. De mensen aan het tafeltje naast hen schrokken ervan. 'Ja, dat is een goeie,' zei ze opgewonden.

'Als ik jou was zou ik niet opscheppen, maar op de tijd letten,' waarschuwde Julian haar terwijl hij op de plek wees waar zijn horloge zou moeten zitten. 'Je bent al een halfuur aan het denken.'

'Nietes!' Chloe keek Jenny smekend aan en tikte met haar vork op het roodgeruite tafelkleed.

Jenny haalde haar schouders op en legde haar hand over haar horloge van rood plastic. Ze droeg haar zwarte lievelingstopje met pofmouwtjes, en een Antik Denim-spijkerbroek met heel strakke pijpen met verfvlekken erop. Ze voelde zich mooi, vol zelfvertrouwen en ontspannen. Of misschien kwam dat niet door de kleren, maar door Julian.

'Jullie spelen vals,' klaagde Chloe. Maar ze werd algauw afgeleid door de ober, die een groot bord vol dampende pizzapunten met champignons en kaas op tafel zette.

Gelukkig was het een ober die Jenny nooit eerder had gezien, en niet Angelo, de pizzakoerier die tijdens de laatste bijeenkomst van het Cafégenootschap door Tinsley was gedwongen mee te doen met een zoenspelletje. Het Cafégenootschap was een zeer exclusief clubje dat Tinsley had geprobeerd van de grond te krijgen, maar het was een stille dood gestorven.

Met opgetrokken wenkbrauwen keek Julian Jenny aan, net een schurk uit een oude film.

Door dit uitje kreeg Jenny het gevoel dat ze in zo'n romantische komedie speelde, waarin de alleenstaande moeder kijkt of haar vrijer wel leuk met haar klieren van kinderen omgaat. Julian vond het kennelijk wel leuk dat Chloe erbij was; misschien zelfs een beetje té leuk. Chloe flirtte met hem, echt waar.

Niet dat Jenny haar dat kwalijk kon nemen. Julian zag er

immers onweerstaanbaar uit met dat geelgeruite hemd van Abercrombie & Fitch over het rode T-shirt met het plaatje van Snoopy die op een wereldbol lag, met daaronder de tekst: SAVE OUR PLANET.

'Toe nou!' moedigde Julian Chloe aan, maar ondertussen bracht hij haar ook in de war.

Jenny herinnerde zich dat haar oudere broer Dan dat ook had gedaan wanneer ze een denkspelletje zoals Boggle of Scrabble deden. En het werkte altijd. Julian had verteld dat hij twee jongere zusjes had, dus natuurlijk wist hij hoe hij meisjes van hun stuk kon krijgen.

'Nog vijf seconden, en dan heb ik gewonnen,' zei Julian.

'Wacht, ik weet er nog een. Dus hou maar op met de tijd bij-houden.'

'Nog drie seconden, nog twee…' Julian legde een pizzapunt op een bord, en gaf dat aan Jenny.

'Ik zeg het pas als je ophoudt met tellen.' Pruilend sloeg Chloe haar armen over elkaar, maar toen Julian haar ook een pizzapunt gaf, lachte ze dankbaar naar hem.

'Tweeënhalf…'

Jenny nam een hap dampende pizza, in de hoop dat er geen kaas aan haar kin zou plakken.

Zodra Julian de meisjes hun bord had gegeven, legde hij twee pizzapunten op het zijne. 'Tweeëneenkwart…' Hij tikte met zijn vinger op zijn kale pols om aan te geven dat de tijd bijna om was.

'Valeriaan!' flapte Chloe eruit. Ze zag er heel tevreden uit.

Het verbaasde Jenny dat dit meisje totaal geen last had van verlegenheid wanneer ze niet in de buurt was van Benny, Sage en de anderen. Waarschijnlijk zou ze het wel redden op het Waverly. Met dat zwarte Banana Republic-truitje zag ze er al veel meer uit als een Owl, en niet alsof ze uit een catalogus van L.L.Bean was gestapt.

Julian maakte een zoemend geluid. 'Dank je wel voor het meespelen, maar helaas,' zei hij precies zoals zo iemand van een spelletjesprogramma. 'Maar het heet valorioen, niet valeriaan.'

'Hè? Nietes! Wat zegt de jury erover?' vroeg Chloe, en weer keek ze Jenny aan. Ze zag nu niet meer bleek, er stonden heuse blosjes op haar wangen.

Jenny was bang dat Chloe te opgewonden werd, daarom besloot ze het maar in het midden te laten. 'Ik zou het niet weten,' zei ze schouderophalend.

Geërgerd hief Chloe haar handen. Verwilderd keek ze om zich heen.

Even was Jenny bang dat ze het stel aan de tafel ernaast erbij zou betrekken.

Maar nee, Chloe wuifde de ober naar zich toe, en dat was Angelo.

Jenny bloosde beschaamd.

'Is het valeriaan of valorioen?' vroeg Chloe.

Angelo keek naar Jenny, alsof hij probeerde haar thuis te brengen.

Jenny kromp in elkaar en glimlachte beleefd voordat ze aandachtig het menu van de dag bestudeerde dat op een bord bij de deur naar de keuken hing.

'Ik zou het niet weten,' zei Angelo terwijl hij het ronde dienblad op een vinger liet ronddraaien. 'In elk geval hebben we het niet.'

Nadat ze hadden betaald en weer buiten stonden, ruzieden ze er verder over. 'Valorioen bestaat niet eens,' mopperde Chloe.

Julian stak zijn vuist op en riep heel hard: 'Valorioen!' Iedereen op straat keek naar hem. Toen Jenny giechelde, draaide hij zich om naar haar en pakte haar arm, en net iets langer dan nodig was hield hij die vast.

'Hé!' riep Chloe ineens uit, en ze keek naar de glas-in-lood-lamp die ronddraaide in de etalage van de Knick-Knack Shack, de plaatselijke uitdragerij. Hier kochten de leerlingen van het Waverly gekke spulletjes voor in hun kamer, zoals onderzetters uit de jaren veertig. De winkel deelde een ingang met Next-to-New, de tweedehandswinkel waar je kleren kon kopen.

Jenny zag een paar witte enkellaarsjes uit de jaren tachtig staan.

'Ik ga even naar binnen, tot zo,' zei Chloe, en voordat ze haar konden tegenhouden, liep ze de winkel al in.

Jenny keek op naar Julian, blij dat ze hem even alleen kon spreken. 'Goed idee om pizza te gaan eten. Fijn om even niet op school te zijn.' Ze hield haar hand boven haar ogen om die te beschermen tegen de felle middagzon. Waar had ze haar pilotenbril met de bekraste glazen toch gelaten? 'Ik werd er helemaal gek van.'

'Graag gedaan.' Julian maakte een zwierige buiging, waardoor zijn openstaande Abercrombie & Fitch-hemd nog verder openviel. Zelfs als hij zich boog, was hij langer dan Jenny. 'Alleen het beste is goed genoeg voor mijn beste vriendin.'

Jenny giechelde. 'Ik dacht dat je misschien van het school-terrein af wilde om niet gezien te worden door je andere vriendin.'

Julian ging rechtop staan, waardoor zijn warrige haar om zijn gezicht zwierde. Hij bloosde. 'Ja, die kon behoorlijk jaloers zijn. Ik moet maar oppassen...' Hij leunde tegen de eta-lage.

'Dus daarom verstopte je je in de bezemkast en achter de struiken toen je mij wilde spreken?' Jenny hield haar hoofd flirterig schuin, en haar krullen wipten op en neer. Ze wist niet hoe het kwam, maar als ze bij Julian was, voelde ze zich altijd duizelig en roekeloos, maar ook heel veilig.

'Aha, je hebt inzicht in mijn psyche.' Hij knikte en er verscheen een glimlach op zijn mooie lippen. Hij boog zich voorover en keek even door de etalage.

Jenny hoopte maar dat hij wilde kijken of Chloe het niet kon zien als hij haar zoende.

Ze keek naar hem op, met een brede glimlach. Het was echt ongelooflijk, Julian die haar leuk vond en zijn best had gedaan om met haar in contact te komen. Er was niets fijner. Hij was leuk, grappig en lief. Ineens drong het tot Jenny door dat dat dezelfde eigenschappen waren waardoor ze zich aangetrokken had gevoeld tot Easy.

Maar in tegenstelling tot Easy zou Julian nooit tegen haar liegen.

Owlnet e-mail inbox

Aan: chloe.marymount@gmail.com
Van: TinsleyCarmichael@waverly.edu
Datum: dinsdag 15 oktober, 18:09
Onderwerp: Hoe gaat het?

Hoi Chloe,

Ik hoop dat je een leuke dag achter de rug hebt. Ik wilde alleen maar even weten of je zin had om je samen met mij klaar te maken voor het feest vanavond.

Tinsley

Owlnet e-mail inbox

Aan: TinsleyCarmichael@waverly.edu
Van: chloe.marymount@gmail.com
Datum: dinsdag 15 oktober, 18:11
Onderwerp: RE: Hoe gaat het?

Jemig, Tinsley, ik zou niets liever willen!

XOXOXOXOX

Cloe

PS Wat trek je aan? Heb je misschien iets wat ik mag lenen?

18

Een Waverly Owl zegt geen lelijke dingen over zijn vriendinnetje tegen haar ex

'Lees je echt de hele dag boeken? En speel je nooit computer-spelletjes?' Sam gooide Heath' PSP op het bed en keek Brandon verwachtingsvol aan.

'Ja,' antwoordde Brandon nors, in de hoop dat Sam hem met rust zou laten. Hij wilde net *Grote Verwachtingen* neerleggen omdat hij er toch al genoeg van had, en Sam met zijn squash-racket op zijn neus slaan.

'Als er toch geen ander spelletje is, zullen we dan naar meis-jes gaan kijken?'

Brandon was nog razend op Heath omdat hij hem had opge-scheept met Sam. En hij was ook nog van de kaart omdat Sage Francis ineens in de deuropening had gestaan, een lieftallig visioen in haar jurk van Jackie O en het steile, glanzende blon-de haar. Sage Francis had met hem geflirt... En om haar zover te krijgen, had hij alleen een paar sms'jes hoeven te sturen. Ging het dan zo gemakkelijk met meisjes? Dat wist Heath vast niet, want hij propte het hoofd van zijn beschermelingetje vol onzin.

'Oké, dan gaan we ergens naartoe.' Brandon stond op en trok zijn zwarte Hugo Boss-trui met capuchon aan over het effen witte T-shirt van American Apparel. Vervolgens pakte hij zijn versleten Prada-portemonnee en stopte die in de zak van zijn antracietkleurige broek.

'Ergens waar meisjes zijn?' Sam sprong op en ging voor

Heath' spiegel staan om de piekjes in zijn met veel gel inge-smeerde haar goed te doen. 'Ik vond dat meisje leuk dat daar-net hier was. Sage of zo. Ze heeft prima benen.'

Hoofdschuddend liep Brandon de deur uit. Waar moest hij met dit joch naartoe? Terwijl hij door de gang beende, kwam hij langs de deur van Easy Walsh, die op een kier stond. Natuurlijk! Nadat het licht uit moest, bleven Easy en Alan St. Girard nog urenlang op om op hun Xbox te spelen. Ze zetten dan het geluid af, zodat alleen hun eigen gejuich of gekreun te horen was wanneer ze aliens uitroeiden of verwikkeld waren in woeste straatgevechten, of wat je ook voor dingen moest doen in die zinloze spelletjes. Brandon klopte aan, haalde diep adem en deed zijn best niet te denken aan het gerucht dat Easy en Callie het echt déden.

Na een korte stilte zei een slaperige stem: 'Watte?'

'Heb je een Wii?' vroeg Sam, die Brandon opzij had geduwd en zijn hoofd om de deur had gestoken, op zoek naar een spel-console.

Easy lag op zijn rug op bed, in een gescheurde spijkerbroek en een gerafeld groen sweatshirt. Zijn geschiedenisboek lag op zijn borst. 'Watte?' zei hij weer terwijl hij half overeind kwam. Toen schudde hij zijn hoofd. 'Nee, ik heb een Xbox, maar die is kapot.'

Eerst keek Sam opgetogen, en vervolgens diep teleurge-steld.

'Hij is op zoek naar een goeie game,' legde Brandon ver-ontschuldigend uit.

'Ik moet potloden gaan kopen,' zei Easy. Hij wreef in zijn ogen. 'Jullie mogen wel mee, hoor.'

Sam keek niet bepaald blij, totdat Easy eraan toevoegde dat er in Rhinecliff een speelhal was. 'Cool!' riep Sam uit, precies zoals je dat van een joch van dertien kunt verwachten, ook al doet hij nog zo zijn best om op Heath te lijken.

Samen slenterden ze naar Rhinecliff, Sam in het midden, als buffer. Brandon zweeg terwijl Easy en Sam het over de voor- en nadelen hadden van de Xbox, de PlayStation en de Wii. Het zag ernaar uit dat het zou gaan regenen, en Brandon kreeg spijt dat hij zijn suède instappers van John Varvatos had aangetrokken.

'Wie van jullie is het beste met *House of the Dead 4*?' vroeg Sam toen ze de hoofdstraat naderden. Het was een warme dinsdagmiddag, en overal liepen leerlingen met aanstaande leerlingen achter zich aan. De hippie van wie sommigen, zoals Heath, af en toe hasj kochten, stond achter een kraampje met keurig opgevouwen tie dye-shirts in alle kleuren. Brandon vroeg zich af of de leerlingen die in drommen rond de kraam stonden, wel in de T-shirts waren geïnteresseerd.

Tersluiks keek hij naar Easy, en Easy keek tersluiks naar hem, en lachte toen. 'Ik heb nog nooit van dat spel gehoord,' zei Brandon, terwijl hij om zich heen keek naar een bekend gezicht in de menigte. Hij dácht dat hij Jenny een eindje verderop voor de etalage van een tweedehandswinkeltje zag staan. Haar krullen hingen los over haar rug. Waarom had Easy het in vredesnaam uitgemaakt met haar?

'Kom op.' Sam schopte een steentje weg, dat tegen een van de groene BMW's aankwam die langs het trottoir stonden geparkeerd. Toen ze een hoek omsloegen, stonden ze tegenover de speelhal, met achter de ruiten flikkerende lichtjes. Sam begon verheerlijkt te stralen. 'Wie neemt het als eerste tegen me op?'

'Wie betaalt er?' vroeg Easy, zijn duimen in de riemlussen van zijn broek vol verfvlekken gestoken. Had Easy eigenlijk wel kleren waar geen verf op zat?

Twee weken geleden zou Brandon Easy ervan hebben verdacht dat hij expres verf morste op strategische plekken, zoals een beetje rood op zijn knie, een spetter groen op zijn linkerbovenbeen, en een zwarte veeg op zijn mouw. Op die manier zouden artistiek aangelegde meisjes extra gauw op hem vallen. Maar omdat Easy zich al twee weken netjes gedroeg tegenover hem, gaf hij hem het voordeel van de twijfel. Easy was gewoon een smeerpoets.

'Jullie hebben toch wel kwartjes?' vroeg Sam.

Brandon liet zijn lege zakken zien. 'Nee.'

Sam keek teleurgesteld toen Easy zijn schouders ophaalde. 'Dan moet ik maar een biljet van twintig dollar stukslaan,' zei Sam met een zucht.

'In de speelhal kun je vast wel muntjes kopen,' zei Easy. Hij viste zijn mobieltje uit zijn zak en keek naar het schermpje, waarschijnlijk om te zien of Callie hem een sms'je had gestuurd.

'Je houdt me toch niet voor de gek, hè?' zei Sam. Het kwam er ontzet uit. In het raam van de Rhinecliff Community Bank, die naast de speelhal stond, keek hij of zijn haar nog goed zat. 'Dat wisselen is niet gratis, hoor. Alleen sukkels kopen van die muntjes. Het is beter om zelf kwartjes mee te nemen.' Hij wees naar de bank. 'Ik ga daar wel wisselen.'

Brandon en Easy bleven buiten wachten terwijl Sam zich aansloot bij de lange rij wachtenden in de bank. Slecht op hun gemak stonden ze daar te schuifelen met hun voeten.

'Ik ga naar de drogist om potloden te kopen,' zei Easy plotseling, blijkbaar net zo wanhopig om de ongemakkelijke stilte niet te laten voortduren als Brandon. Hij voegde de daad bij het woord en stapte de straat op.

Brandon knikte. Bij de drogist werd van alles verkocht, ook schoolbenodigdheden. Toch vroeg hij zich af of Easy niet stiekem condooms wilde inslaan.

'Zeg eens,' zei Easy opeens. Hij klopte op het pakje Marlboro dat uit zijn zak stak. 'Het spijt me dat het op niets uitliep met Elizabeth. Ik heb gehoord wat er is gebeurd. Volgens mij heb je het goed afgehandeld.'

Onderzoekend keek Brandon Easy aan. Meende hij dat? Maar niets wees erop dat Easy hem zat te stangen. 'Dank je,' zei Brandon. 'Toch is het knap rot.'

'Misschien bedenkt ze zich nog.' Easy haalde zijn schouders op. Op dat moment kwam de zon achter de wolken vandaan. Easy plukte een paar zwarte pluisjes van zijn groene trui met de te korte mouwen. 'Je weet maar nooit.'

'Ja...' zei Brandon, en hij keek weer of hij Jenny nog ergens zag, maar ze was verdwenen. 'Het was gewoon onmogelijk.' Onmogelijk... Dat was toch het juiste woord? Of misschien niet. In theorie was het mogelijk dat Brandon bij de stoet vriendjes van Elizabeth kon horen, en dan maar hopen dat híj degene zou zijn die ze op vrijdag- of zaterdagavond zou bellen voor een afspraak, of dat ze liever woensdag met hem ging lunchen of op maandag een filmpje met hem wilde pikken. Realistisch was het echter niet. Misschien was het beter om te zeggen: het was gewoon niet realistisch. In elk geval was het niet wat hij wilde.

Na een poosje zei Brandon: 'Maar tussen Callie en jou is het dus weer goed?'

Easy knikte.

Maar het viel Brandon op dat Easy dat aarzelend had gedaan, alsof hij er niet helemaal zeker van was.

Om Brandon maar niet te hoeven aankijken trok Easy het pakje sigaretten uit zijn broekzak, deed een sigaret tussen zijn lippen en stak die in een vloeiende beweging met een lucifer aan.

'Cool,' zei Brandon.

'Ja.' Easy inhaleerde diep, en vroeg zich ondertussen af of het wel slim was om op straat te staan roken, waar iedereen het kon zien. Nou, ze konden de pot op. Marymount was vast bezig zich voor te bereiden op het gesprek van de volgende dag, en zou geen tijd hebben om boodschappen te doen in de stad. Het was trouwens prettig om buiten te zijn. Zodra hij die ochtend uit Staxxx was gekomen, was het ongemakkelijke gevoel weer komen opzetten, en de hele middag had hij in zijn kamer zitten piekeren. Hoe meer hij erover nadacht, des te sterker kreeg hij het gevoel dat Callie iets van plan was. Het zou hem niet verbazen als Tinsley erachter zou zitten. 'Heb je, eh... Heb je haar nog gesproken?'

Een bejaarde vrouw liep tussen hen door, en Brandon opende de deur van de bank voor haar. Ze lachte vriendelijk naar hem, wierp toen een blik op Easy's sigaret en fronste haar wenkbrauwen. 'Met Callie? Nee, al een poosje niet meer.'

'O.' Easy wist niet goed hoe hij erover moest beginnen zonder het gevoel te krijgen dat hij Callie verlinkte. Daarom nam hij nog maar een haal van zijn sigaret. Wat konden bejaarde dames hem schelen?

'Hoezo?' vroeg Brandon nieuwsgierig. Dit gesprek werd behoorlijk raar. Waarom vroeg Easy hém iets over Callie?

Easy schuifelde met zijn voeten en slaakte een zucht. 'Ik vroeg me af of jij soms wist wat ze uitspookt.'

'Spookt ze dan iets uit?'

'Nou, iedereen denkt dat Callie en ik verantwoordelijk zijn voor de brand...' Easy zei het bijna in één ruk, alsof hij het er liever niet over wilde hebben. 'En nu ben ik bang dat ze iets wil uithalen om er maar niet de schuld van te krijgen.'

Brandon lachte, en streek vervolgens een kreukeltje uit zijn donkergrijze broek. 'Wat zou ze dan kunnen doen? Iets nog ergers?' Hij leunde tegen de muur van het bankgebouw. 'De rector verleiden? Dat is niets voor haar.'

Ondanks zichzelf moest Easy ook lachen. Hij schopte tegen de stoeprand. 'Nee, dat is inderdaad niets voor haar. Ik heb alleen het akelige gevoel dat ze iets van plan is, en dat Tinsley er ook bij betrokken is.'

'Die twee hebben geen hulp nodig om in de problemen te komen,' zei Brandon.

Verlegen giechelend liep een groepje meisjes uit de onderbouw langs.

Easy keek naar het glanzende raam van de bank, en deed zijn best om te zien of de rij al een beetje opschoot. Hij wilde weten hoeveel tijd ze nog hadden om het onder vier ogen te bespreken. 'Ik ben bang dat ze van plan zijn Jenny de schuld in de schoenen te schuiven,' flapte hij eruit. Vanmiddag was hij tot die conclusie gekomen. Als Callie dacht dat Jenny brand had gesticht en van school zou worden getrapt, zou het best kunnen dat ze het hele proces een beetje wilde bespoedigen. En als er plannen werden beraamd op het Waverly, kon je er gif op innemen dat Tinsley een vinger in de pap had. Dat zou alles verklaren, Callies gefluisterde telefoongesprek laatst in de stal, het feit dat Callie en Tinsley weer vriendinnen waren, en Callies vaste overtuiging dat Easy en zij niet van school zouden worden gestuurd.

Brandon stak zijn handen in zijn zakken en keek Easy recht in de ogen. Vervolgens trok hij zijn goudbruine wenkbrauwen op. 'Jenny?'

'Ja, belachelijk, hè? Maar toch denk ik dat het zo in elkaar steekt... Ik...' Easy's stem stierf weg. Zijn keel voelde zo droog aan dat hij bang werd dat er barstjes in zouden ontstaan als hij nog iets zou zeggen. Maar hij wilde nu eenmaal dolgraag over zijn vermoedens praten. 'Het lijkt net alsof ik Jenny weer verraad. Ik wil er niets mee te maken hebben.' Hoewel Easy erg blij was dat het weer aan was met Callie, het meisje van wie hij hield, vond hij het nog steeds verschrikkelijk dat hij Jenny had moeten dumpen.

'Als je vindt dat je Jenny hebt verraden,' zei Brandon nadenkend, op een toon die naar hij hoopte niet te veroordelend klonk, 'waarom bied je haar dan niet je excuses aan?' Omdat Brandon nog op de stoep stond en Easy op straat, waren ze even groot en konden ze elkaar recht in de ogen kijken.

'Misschien doe ik dat ook wel,' reageerde Easy peinzend. Het leek zo eenvoudig. Maar het was nooit makkelijk om je excuses aan te bieden. Daar was hij wel achter gekomen na twee jaar met Callie. 'Bedankt, ik sta bij je in het krijt,' voegde hij eraan toe.

'Daar zal ik je aan herinneren,' zei Brandon.

Easy knikte ernstig, en kwam toen naast Brandon op de stoep staan. 'Afgesproken.'

Ze schudden elkaar plechtig de hand, en vervolgens liep Easy opgelucht naar de drogist. Misschien zou alles toch nog goed aflopen. Misschien haalde hij zich gewoon te veel in zijn hoofd. Callie en Tinsley waren heus niet van plan Jenny de schuld in de schoenen te schuiven. Of toch wel?

In dat geval was het meisje van wie hij zoveel hield, niet het soort meisje van wie hij wílde houden.

Owlnet instant message inbox

JennyHumphrey: Ga jij naar het afscheidsfeest van ONS?

BrettMesserschmidt: Ja. Ik kom net onder de douche vandaan. En jij?

JennyHumphrey: Ik moet nog douchen. Kom je straks hier? Ik durf er niet alleen naartoe.

BrettMesserschmidt: Ik ook niet. Maar maak je niet druk. Waar dacht je dat drank voor is?

Een Waverly Owl vergeeft, ook als ze niet kan vergeten

Terwijl Jenny op weg was naar de krater, waar het afscheidsfeest van ONS werd gehouden, vergeleek ze de feesten op het
Waverly met die van Manhattan. Daar slurpten ze cocktails in
bars in het Meatpacking District, of bezochten een gala in de
Met. Nou ja, dat deden sommige mensen. Jenny werd maar af
en toe uitgenodigd. Op het Waverly waren feesten vaak een
avontuur in de vrije natuur. De krater was een met gras
begroeide open plek in het bos, iets ten zuiden van het schoolterrein. Het was dichtbij genoeg om te gaan roken als je spij-
belde, en ver genoeg weg om niet te worden gesnapt. In de loop
der jaren hadden ondernemende leerlingen boomstammen
om de plek heen gelegd die als bankjes konden worden
gebruikt, zodat het geheel de indruk maakte van een gewijde
middeleeuwse ontmoetingsplek. Hier een feest houden was
een beetje als feesten in Stonehenge.

Deze avond had Heath zichzelf overtroffen. Aan de rand van
de krater stonden verwarmde partytenten, en dat gaf de indruk
van een chique variant van de tentenkampen tijdens de
Depressie van rond 1930, waarover Jenny in de geschiedenis-
les had geleerd. Overal liepen leerlingen rond die zich in het
rood, oranje of geel hadden gehuld, alsof ze allemaal ineens
een voorkeur voor die kleuren hadden ontwikkeld. In het midden knapperde een vuurtje, waardoor grillige schaduwen werden geworpen over hun gezichten, wat het moeilijk maakte

iemand te herkennen. Eigenlijk zag het er allemaal behoorlijk romantisch uit, en Jenny kon nauwelijks wachten op Julian. Ze wilde als gezapig stelletje bij het vuur in elkaars ogen kijken en elkaar zoenen.

Ze liep om het vuur heen, gekleed in haar zwarte lievelings- broek van Sevens en het zwarte Marc Jacobs-truitje met een laag uitgesneden halslijn dat ze in de uitverkoop van Barneys had gescoord. Het was een leuk topje, van heel erg zachte katoen, en met kant langs de hals. Helaas werd het aan het oog onttrokken door het belachelijke oranje T-shirt dat de leden van ONS verplicht waren te dragen. Ze voelde zich daar hele- maal niet prettig in, maar iedereen die op de lijst met ver- dachten stond droeg zo'n shirt, en ze wilde niet dat iemand zou denken dat ze er niet bij hoorde.

Terwijl ze voortdurend haar kamergenoot in de gaten hield, liep ze rond de krater, ervoor oppassend dat ze Callie niet tegen het lijf liep. Op hun kamer ontliepen ze elkaar ook, en dat was niet zo moeilijk nu Callie elke vrije minuut bij Easy was. Jenny vulde een plastic bekertje bij de kan Jungle Juice. Vervolgens wreef ze over haar armen omdat het wel erg frisjes was nu het later werd, en het bekertje was ook ijskoud.

'Heb je het koud?'

Met een ruk draaide Jenny zich om, waardoor er een lokje bruin haar in haar oog kwam. Ze had gehoopt dat het Julian zou zijn, maar het was Easy. Easy Walsh, die sinds hij het de vorige week had uitgemaakt, nog geen woord met haar had gewisseld. Natuurlijk had ze hem zien rondlopen, maar het was overduidelijk dat hij haar uit de weg ging. Ze nam een slokje uit haar bekertje en hield het langer tegen haar lippen dan nodig was terwijl ze wachtte of hij nog iets zou zeggen, of dat hij zou weglopen.

'Heath heeft het weer goed voor elkaar, hè?' Zenuwachtig liet Easy zijn blik over haar gezicht dwalen.

Het was fijn om hem nerveus te zien. Deze keer was ze vastbesloten niet toe te geven aan hem. Ook al zag hij er nog zo aanbiddelijk uit in het oranje shirt, waar nu al grasvlekken op zaten. Hoe zou dat komen? Zou hij hebben liggen rollebollen met Callie?

'Dat kampvuur was een meesterzet,' zei ze terwijl ze om zich heen keek, op zoek naar iemand met wie ze wél zou willen praten. Brandon stond bij het vuur met Sage Francis te kletsen. Brett was er nog niet, en Kara lag in het gras naar de sterren te kijken. Met Heath. Merkwaardig... Alison zat met Alan bij het vuur, ze roosterden een marshmallow aan een tak. Julian leek er ook nog niet te zijn. Nou, en meer mensen wilde ze niet spreken. Ze zat al zes weken op het Waverly, en ze kon haar vrienden tellen op de vingers van één hand. En ze had nog wel gedacht dat het zo goed ging...

'Ik had al gehoopt je hier te zien,' zei Easy. Zijn stem klonk vreemd.

Jenny vroeg zich af wat hij daarmee bedoelde. Wilde hij haar soms nog erger vernederen? Wilde hij net doen alsof hij haar graag mocht totdat zijn vriendinnetje kwam opdagen? Wilde hij haar de schuld geven van de brand?

Maar dat zei ze maar niet. In plaats daarvan zei ze alleen maar: 'O?'

Easy schuifelde met zijn vieze, bijna uit elkaar vallende bruine Camper-bowlingschoenen. Vervolgens wreef hij over zijn nek, en het schijnsel van het vuur werd weerspiegeld in zijn donkerblauwe ogen.

'Nou ja, ik wilde alleen maar zeggen dat het me spijt en zo.' Hij bukte om een tak op te rapen en draaide die om en om.

Voor de eerste keer keek ze hem echt aan.

'Het was niet mijn bedoeling je te kwetsen.' Plotseling liet hij de tak vallen en wreef over zijn gezicht. Vervolgens zei hij zo zacht dat ze zich naar hem toe moest buigen om het te kunnen verstaan: 'Het was echt niet mijn bedoeling dat je er op die manier achter zou komen dat Callie en ik...' Hij bloosde, waarschijnlijk bij de herinnering aan Callie en hemzelf, toen ze halfnaakt uit de brandende schuur waren gevlucht, waar bijna iedereen het kon zien. 'Het was vast heel rot voor je. Ik kan me nauwelijks voorstellen...' Omdat hij niet wist hoe hij verder moest gaan, nam hij maar een slok Jungle Juice uit zijn rode Solo-beker.

'Och...' Ze vond het fijn dat hij zijn excuses aanbood, maar door de drukte om hen heen drong het niet goed tot haar door. Ryan Reynolds liep langs, hij zat een meisje uit de onderbouw achterna dat een heel kort rokje droeg. Hij riep: 'Ik word ook verdacht, ze hebben alleen vergeten me een oranje T-shirt te geven!'

'Ik weet dat Callie rot tegen je doet,' zei Easy zacht. 'Ook vanwege de brand en zo.' Hij kuchte, waarna hij nog zachter zei: 'Ze denkt dat jij ons op de lijst hebt gezet om eh... om te verhullen dat jíj degene bent die brand heeft gesticht.'

Jenny stond stilletjes te koken van woede.

'Nu ik het hardop heb gezegd, snap ik pas goed hoe belachelijk dat klinkt. Ik weet best dat je nooit zoiets zou doen.' Easy keek haar aan, en voor de eerste keer sinds hij haar had aangesproken, ontmoette ze zijn blik.

Ze kon aan hem zien dat hij totaal niet in Callies verhaal geloofde, en dat was prettig.

Hij slikte, waarbij zijn adamsappel op en neer ging. 'Jezus, het is allemaal echt klote.'

Ineens voelde ze zich minder bedrukt. Met Easy die het voor haar opnam, zou alles vast toch nog goed komen. 'Dank je wel dat je me het hebt verteld,' zei ze. Het drong tot haar door dat ze de gesprekken met hem erg had gemist. Easy was het soort jongen dat je graag aan jouw kant hebt staan. 'Het betekent veel voor me.'

Callie keek naar Easy en Jenny, die aan de andere kant van het vuur stonden te praten. Ze wist niet goed of het van de hitte van de vlammen kwam of omdat ze hen net samen ernstig had zien praten, maar haar gezicht gloeide helemaal. Ze kon alleen maar denken aan het feit dat Easy haar nog maar een paar weken geleden had gedumpt voor die slettenbak. Er bestond geen twijfel aan: Jenny moest weg.

Ze liet het restje Jungle Juice achteloos uit haar bekertje op de grond vloeien, want ze was toch al duizelig van alle alcohol die ze had binnengekregen. Toen keek ze zoekend om zich heen naar de enige die haar kon troosten. Uiteindelijk vond ze Tinsley. Haar donkerharige vriendin stond met Chloe bij de kannen Jungle Juice, en ze gaf het meisje een vol bekertje. Glimlachend liep Callie naar hen toe. Tinsley zou blij zijn dat Callie weer meedeed met hun plannetje Jenny van school getrapt te krijgen.

Een minderjarige Waverly Owl drinkt geen alcohol

'Je naam?'

Brett schrok. Ze had helemaal niet beseft dat ze bijna tegen Sam op was gebotst, het jongetje dat met een klembord in de hand de ingang stond te bewaken. Ze zag een paar mensen met oranje T-shirts aan, met voorop in zwarte letters: ONS, en achterop: ONS NEDERIGE SCHULDIGEN. Brandon droeg er eentje, en Benny ook. Sam had ook een oranje T-shirt aan, maar bij hem stond er OM op de voorkant gekladderd. Wat moest dat nou weer betekenen? Toen Sam zich omdraaide om twee onderbouwers weg te sturen omdat ze niet op de gastenlijst stonden, zag Brett dat er op de rug stond: ONTMAAGD MIJ. Ze fronste geërgerd haar wenkbrauwen.

'Hier heb je een T-shirt,' zei hij zakelijk. Vervolgens draaide hij zich weer terug naar Brett en gaf haar een plastic tasje met ook zo'n oranje shirt erin. 'In de tent kun je je verkleden.' Even zweeg hij. 'Maar hier kan het ook.'

Weer fronste ze geërgerd. Iemand die ze vagelijk herkende van de les Latijn strompelde langs en gaf haar een bekertje met een oranje drankje erin. Meteen moest ze denken aan dat afschuwelijke feest toen ze nog maar net op het Waverly zat. Dat feest werd ook gehouden in de krater, en die avond had ze drie bekertjes van een zoet spul gedronken zonder te beseffen dat het hoofdbestanddeel tequila was. Een groot gedeelte van die avond had ze tegen een boom aan gehangen. Nu rook ze eerst aan het drankje. Wodka. Ze nam een slokje, en toen drong het tot haar door dat het Jungle Juice was, een specialiteit van Heath.

Zoekend keek ze om zich heen, in de hoop Kara te zien. Ze wilde haar excuses aanbieden omdat ze eerder die dag zo kribbig was geweest, maar ze zag Kara niet tussen de leerlingen die rondom het vuur zaten of lagen. Verena Arneval was opgewekt aan het dansen met een onderbouwer die in het tennisteam zat. Ze leken te dansen op muziek die alleen zij konden horen, gevaarlijk dicht bij het vuur. Een eindje verderop zat Benny in kleermakerszit naast Lon Baruzza. Lon was hier met een beurs, maar er werd gezegd dat hij geweldig was in bed. Lon masseerde Benny's rug, waarschijnlijk bij wijze van voorproefje tot waar hij allemaal toe in staat was. Brett zag ook Jenny, en net wilde ze op haar af lopen toen ze besefte dat Jenny met Easy stond te praten. Hè? Heath zag ze nergens, en dat was vreemd. Misschien had hij te veel gedronken en lag hij half bewusteloos ergens tussen de bomen.

Ineens kwam er een hand terecht op haar arm.

Met een ruk draaide ze zich om. Dat was toch zeker niet Ryan Reynolds, die zijn handen weer eens niet thuis kon houden?

Maar nee, het was Jeremiah, die in een gebaar van overgave zijn handen omhoog stak.

'Hola!' riep hij terwijl hij achteruit deinsde. Hij droeg een zwart James Perse-poloshirt over zijn rode lievelingshirt, en een verschoten J. Crew-cargobroek, heel erg vertrouwd. Sinds de laatste keer dat ze hem had gezien, had hij zijn rode haar geknipt. Die laatste keer was op een vervelend verlopen feest in Dumbarton geweest, al bijna twee weken geleden. Zijn haar zag er nu veel minder warrig uit, maar hij had stoppels op zijn kaken laten staan, waardoor zijn kop nog vierkanter en zelfverzekerder leek. 'Ik heb niks gedaan, echt niet.' Hoewel hij uit een familie met oud geld stamde die in Newton woonde, een voorstad van Boston, had Jeremiah toch een accent van Boston. Toen het nog aan was, had Brett dat accent een minpunt gevonden, maar nu klonk het alleen maar schattig.

'Jeremiah!' Brett ging op haar tenen staan en kuste hem op zijn stoppelige wangen. Hij rook lekker, en het was fijn hem weer eens te zien. 'Wat doe jíj hier?' De leerlingen van het St. Lucius gingen vaak naar de feesten van het Waverly, maar het was dinsdag, en ze wist dat Jeremiah dit weekend een belangrijke wedstrijd had. Hij was de ster van het footballteam. Het verbaasde haar dan ook dat hij was gekomen. Als ze dat had geweten, zou ze zijn mailtje wel hebben beantwoord. Nu voelde ze zich rot omdat ze dat niet had gedaan. Vanwege de brand en de situatie met Kara had ze niet geweten wat ze moest schrijven.

Jeremiah bloosde.

Brett glimlachte toen ze zich herinnerde dat ze hem altijd zo gemakkelijk aan het blozen kon krijgen.

'Ik heb gehoord dat jullie morgen bij de rector moeten komen, en eh... Toen dacht ik dat dit wel eens je laatste avond hier zou kunnen zijn...' Hij keek haar aan, zijn handen nog steeds om haar middel na hun omhelzing. 'Ik wilde afscheid van je kunnen nemen.'

'Wat lief van je.' Ze keek op in zijn blauwgroene ogen, en voelde vlinders in haar buik. Dat lag zeker aan de Jungle Juice. Nog steeds glimlachend naar hem zette ze het bekertje aan haar lippen. Ze voelde zich echt bevrijd. Het was zo heerlijk oneerbiedig om lol te hebben vanwege de brand en wat daaruit was voortgevloeid, het was volkomen idioot, en een stuk beter dan er stiekem over te fluisteren en elkaar te beschuldigen. Ze had het oranje T-shirt nog niet aangetrokken, want ze had een leuke zwarte zigeunerrok aan die ze van Jenny had geleend, en die wilde ze niet bedekken. Maar toen ze Alison Quentin in het T-shirt zag dat haar minstens acht maten te groot was, zag ze dat het eigenlijk best grappig stond. Waarom zou zij het hare dan niet aantrekken? Ze gaf Jeremiah haar bekertje. 'Hou even vast, wil je?'

'Voor jou doe ik alles, mop.' Hij grijnsde, en liet daarbij zijn aanbiddelijke scheve ondergebit zien. Daarna nam hij het bekertje aan, dat er ineens heel klein uitzag in zijn grote handen.

Gauw trok Brett het T-shirt over haar hoofd. Ze wankelde een beetje. Dat lag zeker aan de wodka.

Jeremiah nam een slokje uit haar bekertje, trok een vies gezicht en spuugde het uit.

'Hé!' zei ze bestraffend, en ze gaf hem een mep op zijn arm. 'Dat is míjn drankje!'

'Ik wilde alleen maar even proeven.' Hij lachte en veegde zijn mond af met zijn mouw. 'Ik snap niet dat je dat spul kunt drinken.' Jeremiah dronk uitsluitend bier, en hij pestte Brett vaak met haar voorliefde voor cocktails en mixdrankjes.

Ineens moest ze denken aan hun eerste week op school na de zomervakantie, toen hij haar had uitgenodigd voor een tripje langs de wijngaarden die zijn familie bezat. Zijn vader zou een nieuw restaurant openen en zou voor Thanksgiving naar Sonoma gaan, waar een wijnproeverij werd gehouden. Toen had ze daar totaal geen zin in gehad. Ze was nog helemaal betoverd door Eric Dalton, en had zich voorgesteld dat Jeremiah de wijn naar binnen zou klokken, in plaats van eraan te nippen. Jemig, ze had hem echt heel oneerlijk behandeld. Ze kon alleen maar hopen dat hij het haar had vergeven, of dat binnenkort zou doen.

'Kom op, dan halen we een biertje voor jou.' Impulsief pakte ze zijn hand en trok hem mee naar het bos, waar de fusten meestal waren als er een feest in de krater werd gegeven. Zijn vingers voelden als oude vrienden die ze al heel lang niet meer had gezien.

'Zenuwachtig?' vroeg Jeremiah terwijl ze liepen. Takjes braken onder hun voeten, en het bos rook romantisch naar dennen. Naarmate ze zich van de drukke krater verwijderden, stierf het lawaai weg. 'Voor morgen, bedoel ik. Jezus, wat een rotsituatie!'

Brett was blij dat het zo donker was, want zo kon Jeremiah niet zien dat ze een kop als een boei had gekregen. Toen hij had gevraagd of ze zenuwachtig was, had ze meteen moeten denken aan de vorige keer dat hij dat had gevraagd. Dat was op de avond waarop ze het allebei voor het eerst zouden doen, met elkaar.

Maar voordat ze antwoord kon geven, bleven ze ineens staan omdat ze in het gras iets hoorden ritselen. Brett verwachtte een uil naar de grond te zien fladderen, maar nee, in plaats daarvan zag ze twee mensen in het hoge gras. Ze legde haar vinger op haar lippen, en Jeremiah knikte met een beschaamd lachje.

'Oeps,' fluisterde hij zacht.

Bretts ogen waren nu gewend aan het maanlicht, en ze kon net het gezicht zien van een van de twee die in kleermakerszit in het gras zaten, hun hoofden dicht bij elkaar en druk fluisterend. Ze verstijfde. Wat deed Heath hier, en waarom praatte hij alleen maar als hij alleen was met een meisje? Zijn schaduw Sam zou diep teleurgesteld in hem zijn. Op het moment dat ze zich discreet wilde afwenden, viel er een straal maanlicht op het gezicht van het meisje. Het was Kara.

Met open mond keek Brett naar Heath, die Kara's gezicht bij de kin optilde en haar zoende, vol op de mond. Stomverbaasd bleef Brett ernaar kijken.

'Nou, waar is dat fust dan?'

Met een ruk draaide Brett zich om, en daar stond Benny, met Lon Baruzza die zijn armen om haar middel had geslagen.

Benny hief haar lege bekertje op, maar toen zag ze Heath en Kara. Ze zette grote ogen op. 'Shit...' zei ze terwijl ze in verwarring gebracht Brett aankeek.

Het speet Brett dat Benny dat niet zachter had gezegd. Heath en Kara hadden nog niet gemerkt dat zij er allemaal waren, en dat wilde Brett graag zo houden.

'Waarom zit jouw minnares met Heath te zoenen?' vroeg Benny heel hard.

Jeremiah liet Bretts hand los. Met een gekwetste blik in zijn groene ogen zei hij: 'Minnares? Dus dat gerucht berust op waarheid?'

Brett stond daar maar, zwijgend, en ze hoopte dat het kampvuur het hele bos in de fik zou steken. Ze wilde liever vluchten voor alweer een brand dan zich te moeten verdedigen tegen... Tegen wat, eigenlijk? Wat had ze verkeerd gedaan? In elk geval had ze geen minnares meer, want die zat te zoenen met Heath Ferro. Ze kneep in het bekertje en liep strompelend terug naar de krater. 'Ik moet drank hebben.'

21

Een attente Owl stelt jonge liefde op prijs

Brandon voelde Sage' adem op zijn gezicht, zo dicht zaten ze bij elkaar. Hij voelde de rand van het plastic bekertje tussen zijn tanden, dat hij zonder handen opwipte om een slok Jungle Juice in zijn mond te kunnen laten lopen.

Sage giechelde toen er drank in zijn hals liep.

Zo goed en zo kwaad als dat ging zonder het bekertje te laten vallen, lachte hij, en zei toen tussen zijn tanden door: 'Oké, nu is het jouw beurt.'

Sage boog zich naar hem toe en pakte het bekertje met haar tanden.

Brandon had nooit eerder opgemerkt dat haar ogen zo blauw waren als de hemel op een zonnige middag in juli, en dat haar huid zo mooi gaaf was.

'Heb je het?' vroeg hij met opeengeklemde kaken.

'Ja,' antwoordde ze. Om haar ogen zat een vage lijn donkere eyeliner. Misschien werden haar ogen daar zo blauw van.

Brandon liet het bekertje los. 'Niet vals spelen, hoor.' Hij grijnsde toen ze het bekertje opwipte. Hij keek naar haar hals toen ze een grote slok van het oranje spul nam.

Ineens slaakte ze een kreetje en liet zich naar voren vallen. Een beetje van de Jungle Juice liep uit haar mond in het bekertje.

'Viespeuk!' zei hij plagerig. Hij vond het heel fijn om hier met Sage te zijn, en de alcohol begon zijn werk al te doen.

Stiekem keek hij even naar Sage' borsten, waar haar oranje T-shirt strak over spande.

'Mag ik eens proberen?' Plotseling stond Sam voor hen.

'Laat eerst je identiteitsbewijs maar eens zien.' Brandon sloeg zijn armen over elkaar. Het was best leuk om streng te zijn tegen de aanstaande brugpiepers. Hij kreeg er echt lol in.

'Hè, toe nou. Doe niet zo flauw.' Sam stak zijn hand uit naar het bekertje.

Maar Sage hield het waar hij er niet bij kon, boven haar hoofd, zodat er een heel stuk blote buik zichtbaar werd tussen haar spijkerbroek en haar T-shirt.

Sam peuterde aan de letters op zijn T-shirt. 'Die T-shirts kriebelen,' merkte hij op.

'Trek het dan uit,' zei Brandon.

'Dat kan niet. Nog niet,' reageerde Sam ernstig.

'Waarom niet?' vroeg Sage nieuwsgierig. Ze schudde haar hoofd, waardoor haar lange korenblonde haar zwiepte.

'Omdat het nog niet is gebeurd,' zei Sam, alsof dat wel duidelijk was. Zoekend liet hij zijn blik over de menigte dwalen, en hij streek net als Heath altijd deed door zijn haar vol gel. 'Hebben jullie Heath gezien? Hij zou vanavond een meisje voor me versieren. Dat heeft hij beloofd.'

Brandon keek om zich heen. Hij was een beetje vergeten waar hij was. Hij zat bij het kampvuur met Sage, en ze hadden gepraat over films. Haar smaak was niet al te best, maar daar was ze zich van bewust, en hij had haar mogen plagen met haar voorliefde voor *Coyote Ugly* en *Legally Blonde*. 'Dat zijn films over vrouwen met pit,' had ze uitgelegd. Sage was heel gemakkelijk om mee te praten. Haar ondergebit stond een beetje scheef, en daardoor leek de rest van haar gezicht nog volmaakter.

'Ik heb hem niet gezien,' zei Brandon schouderophalend tegen Sam. 'Waarschijnlijk ligt hij bewusteloos in de bosjes.'

Sam keek geschrokken, alsof Brandon hem had verteld dat

zijn ouders bij een auto-ongeluk waren omgekomen. 'Welnee, stomkop.' Hij wierp een wellustige blik op Sage en vroeg toen heel zacht aan Brandon: 'Mag ik haar niet even lenen?' Hij maakte een hoofdgebaar in de richting van Sage, die haar mond met haar handen bedekte om haar lach te verbergen.

'Sorry,' zei Brandon, in de hoop dat het onderwerp daarmee zou zijn afgesloten. Sam leek naar hem toe te komen wanneer Heath er niet was, en daar kreeg Brandon behoorlijk genoeg van. Hij kon maar beter op zoek gaan naar Heath als hij nog een poosje alleen met Sage wilde zijn.

'Blijf jij maar hier,' zei hij tegen Sam. 'Dan sturen we hem wel naar je toe. Hier blijven, hè?'

'Oké. Maar schiet wel een beetje op,' zei Sam, terwijl hij zich op een boomstam liet ploffen. Vervolgens keek hij op zijn enorme, plastic horloge.

'Doen we,' beloofde Brandon plechtig. Hij pakte Sage' hand, die warm aanvoelde, en trok haar met zich mee door de menigte feestvierders. Hij vond het niet erg om Heath te gaan zoeken, maar dan wilde hij wel alleen zijn met Sage.

'Arm joch,' merkte Sage op.

Het was prettig om hand in hand met haar te lopen, al vroeg hij zich wel af of hij haar niet moest loslaten.

'Het is beter voor hem om niet steeds met Heath op te trekken,' stelde Brandon haar gerust. 'Heath stopt zijn hoofd vol met onzin over hoe hijzelf tijdens de Open Dagen een wip wist te regelen.' Normaal gesproken zou hij het nooit over een wip hebben waar een meisje bij was, vooral niet eentje dat hij wilde veroveren, maar hij flapte het er zomaar uit.

'Ranzig,' zei Sage.

Brandon wist niet of ze hem bedoelde of Heath. Maar ze liet zijn hand niet los, en dat vatte hij op als een goed teken.

'En ik moet nog wel een kamer met hem delen...' verzuchtte Brandon voor de grap.

'Nou, als je zijn slechte gewoonten dan maar niet overneemt,' zei ze met een tersluikse blik op hem.

Ze schoten een van de partytenten in, in de hoop daar Heath aan te treffen. Maar hij zag alleen Erik Olssen en Tricia Rieken, de Zweedse jongen en het meisje met de borstvergroting. Ze stonden heel dicht tegen elkaar aan, en hun kleren waren verfomfaaid. Allebei keken ze Brandon en Sage kwaad aan.

'Sorry.' Brandon trok Sage de tent uit. Ze moesten allebei erg lachen, en ze moesten nog harder lachen toen ze zagen wat er zich drie meter bij hen vandaan afspeelde.

Blijkbaar had Sam niet op hen gewacht. Hij zat voor Chloe geknield met een ruikertje wilde bloemen en onkruid in zijn hand. Die had hij zeker pas uit de grond gerukt. 'Maar je bent zo móói,' slijmde hij. 'Ik wil alleen maar even met je knuffelen...'

'Allemachtig, het is net alsof ik Heath voor me zie,' bracht Sage giechelend uit. 'Maar het is ook wel schattig.'

'Kom op,' fluisterde Brandon. Het viel hem op dat Sage' kleine hand zo precies in zijn grote paste. Ze draaiden zich om naar de feestvierders, die erg op dreef waren. Toen Sage in zijn hand kneep, leek hij onder stroom te staan, en inwendig laaiden vlammen hoger op dan die van het kampvuur.

22

Een Waverly Owl is zich ervan bewust dat de waarheid soms pijnlijk kan zijn

Jenny keek om zich heen. Ze merkte het effect van de Jungle Juice al goed. Het feest zelf leek wel een beetje op een brand, met al die mensen in rode en gele T-shirts, met af en toe ook een oranje van ONS. Net vlammen. Ze verheugde zich op Julians komst, en voelde zich nu al een stuk prettiger. Easy had zijn excuses gemaakt. Een kus van Julian zou deze avond helemaal perfect maken.

En toen zag ze hem. Hij liep af op een groepje jongens van het squashteam. Zijn lange haar was fris gewassen en zat achter zijn oren gestopt. Hij droeg een lichtblauw Adidas-trainingsjack met gele strepen over zijn ONS-T-shirt. Dat zou Heath vast niet goedvinden. Maar Heath was nergens te bekennen.

Ze zwaaide naar hem, en met een lach kwam hij naar haar toe met zijn lange benen. Hij trapte op een brandend stukje hout dat uit het vuur was gesprongen, en trapte het zorgvuldig uit. 'Nog een brand kunnen we niet gebruiken.'

'Zo is het.' Glimlachend bleef ze wachten totdat hij ook een bekertje Jungle Juice had gepakt en bij haar aan de rand van de krater kwam staan.

'Zullen we anders het bos eens gaan verkennen?' vroeg Julian. Het schijnsel van het vuur verlichtte zijn gezicht, en benadrukte zijn ooit gebroken neus.

Jenny had die neus wel kunnen zoenen. Het bos? Wilde hij haar soms ook zoenen? Nu al?

'Kunnen we eerst nog eventjes hier blijven?' Niet dat ze niet wilde zoenen, maar ze had zich er op verheugd om bij het kampvuur te zitten als een stelletje, waar iedereen het kon zien. Ze ging op een boomstam zitten. Het was lastig praten met Julian wanneer ze allebei stonden, omdat hij meters langer was dan zij. Ze kreeg er een stijve nek van.

'O... Ja, ook prima.' Julian nam naast haar plaats, maar toen keek hij om zich heen, alsof hij zeker wilde weten dat niemand hen in de gaten hield. 'Ik heb niet zo'n zin in die Jungle Juice, en ik heb gehoord dat er in een van de tenten bier is. Zullen we daar eens naar op zoek gaan?' Opeens stond hij weer op.

Jenny begon zich af te vragen waarom hij zo zenuwachtig deed. 'Oké,' zei ze, en ze gingen samen op weg naar een tent. 'Chloe is trouwens helemaal weg van je,' merkte ze op. Nadat ze Julian op de stoep voor zijn huis hadden achtergelaten, had Chloe nergens anders meer over kunnen praten.

'O ja?' Julian zag er oprecht verbaasd uit, en Jenny vond het fijn dat hij zelf niet eens doorhad hoe charmant hij kon zijn. 'Pech voor haar, ik zie meer in een beetje oudere meisjes.' Suggestief trok hij zijn wenkbrauwen op, maar Jenny dacht dat hij toch een beetje nerveus klonk.

In volle vaart kwam Benny langsgerend, gillend omdat Lon Baruzza achter haar aan zat. Ze gooiden een kasteel van plastic bekertjes om dat twee onderbouwers hadden gemaakt. Een van de bekertjes viel in het kampvuur en begon te smeulen, waardoor de directe omgeving werd verpest door de vieze stank van brandend plastic.

Julian ging voorop, en zo liepen ze een aantal tenten in, waar ze steeds stelletjes stoorden die niet veel kleren meer aanhadden. Uiteindelijk vonden ze de laatste vier blikjes Budweiser in een lege tent waarin lavalampen in verschillende kleuren stonden.

'Er moeten ook fusten zijn,' merkte Julian op. Hij trok de

mouwen van zijn trainingsjack over zijn handen omdat de blikjes bier zo ijskoud waren.

Jenny knikte. De jongens van het Waverly zaten vast niet allemaal Jungle Juice te slurpen. Heath had dat drankje niet gebrouwen omdat hij zelf zo dol was op mierzoete mixdrankjes, maar omdat de meisjes er snel dronken van werden. 'Jammer dat we allebei redelijk nieuw zijn hier. We kennen de geheime plek van de fusten nog niet,' zei ze met een lachje. Het was best fijn dat ze allebei nieuwelingen waren. Alle anderen hadden al een hele geschiedenis achter zich, meestal heel ingewikkeld en duister. Maar Julian en zij hadden nog een redelijk schone lei.

'Ja… Maar deze blikjes zijn ook goed.' Toen Julian lachte, verscheen er een kuiltje in zijn linkerwang. Hij bood Jenny een blikje aan, maar dat sloeg ze af.

Ze gingen op de harde grond zitten.

Toen er buiten de tent een vreemd geluid klonk, schrok Julian en keek hij angstig om zich heen.

'Ben je zenuwachtig voor morgen?' vroeg Jenny bezorgd. Ze was blij dat ze had uitgevogeld wat hem dwarszat. Hij zei dan wel dat zijn alibi bestond uit een mooi meisje, maar hij maakte zich uiteraard erg druk om het gesprek met de rector dat voor de volgende dag op het programma stond. Per slot van rekening kon hij niet bewijzen dat hij zijn aansteker had verloren.

'Ja…' Julian knikte. Hij had een afwezige blik in zijn ogen, en de lavalampen wierpen lugubere schaduwen over zijn gezicht.

'Nou eh…' Jenny pakte de plastic strip op die om de bierblikjes had gezeten en stak haar hand door een van de rondjes, alsof het een armband was. 'Wat ga je zeggen als ze je naar die aansteker vragen?'

Hij nam een slok bier en zette het blikje vervolgens voor zich neer op de grond. Schouderophalend zei hij: 'Ik ga de waarheid vertellen.'

'En wat is de waarheid dan wel?' Jenny's maag kromp samen.

'Waarom vertel je háár de waarheid niet? Over alles?' Plotseling verscheen Tinsley achter hen, gekleed in een strakke zwarte L.A.M.B.-spijkerbroek en een heel krap coltruitje van Ogle. Ze torende boven Jenny uit, haar slanke gestalte scherp afgetekend tegen het witte tentdoek. Ineens was het benauwd in de tent. Door het rode licht van de lavalamp dat over haar gezicht speelde, zag ze eruit als een duivel.

De haartjes in Jenny's nek gingen overeind staan. 'Waar heeft ze het over?' vroeg ze.

Met een boze blik keek Julian Tinsley aan.

Wat is er aan de hand? vroeg Jenny zich af.

Tinsley zag dat Jenny's engelachtige gezicht ineens bedrukt stond. Waarschijnlijk zou het slimmer zijn geweest Jenny niet op de hoogte te brengen over Julian en haar. Maar toen ze hen in de tent had zien glippen, en ze er als zo'n knus stelletje uitzagen, was dat als een klap in haar gezicht, vooral omdat ze was gedumpt door een onderbouwer. Voor een dwerg met overmaatse tieten nog wel! Die griet met de enorme voorgevel moest haar plaats maar eens leren kennen.

'Julian?' Angstig keek Jenny naar hem op.

'Vertel het haar dan!' zei Tinsley. Uitdagend zette ze haar handen in haar zij.

Julian keek haar geërgerd aan.

Even voelde Tinsley iets van spijt. Of misschien was het medelijden. Maar hij dacht toch zeker niet dat hij Tinsley Carmichael zomaar kon dumpen?

Als om zichzelf moed in te drinken, nam hij eerst een slok bier. Vervolgens keek hij Jenny aan. 'Ik... ik... Tinsley en ik...'

Meer hoefde hij niet te zeggen. Die drie woordjes waren meer dan voldoende. Tinsley en ik... Het was als een dolkstoot recht in Jenny's hart. Ze kon maar net de neiging onderdrukken hem te sláán. Dat deden echtgenoten en vriendinnen op tv, maar zij was nooit echt zijn vriendinnetje geweest.

'Dus daarom hing je altijd rond bij Dumbarton...' De puzzelstukjes vielen op hun plaats. Hij was daar niet geweest omdat hij háár wilde zien, maar omdat hij iets met Tinsley had. Daarom wilde hij van het schoolterrein af, daarom was hij vanavond zo schrikachtig. Hij was bang geweest dat Tinsley hen samen zou zien. Ze wist niet goed wat kwetsender was, dat hij het had aangelegd met die beeldschone megabitch die nu boven haar uit torende, of dat hij had gelogen.

'Maar dat was allemaal voor jou en mij,' zei Julian. 'Voordat ik jou echt goed leerde kennen.' Hij keek haar doordringend aan, met een smekende blik in zijn ogen.

Het leek net alsof hij een vreemde voor haar was. Gewoon een lange jongen met warrig haar, een jongen die ze niet echt kende en ook nooit goed had gekend.

Ze stond op en schudde Julians hand van zich af. Vervolgens liep ze weg, van hem, van Tinsley, van het feest, van iedereen. Hoe kon het dat ze er weer zo was ingestonken? En wat deed ze hier tussen al die leugenaars en sufkoppen?

Aan: Iedereen
Van: HeathFerro@waverly.edu
Datum: dinsdag 15 oktober, 23:52
Onderwerp: Zet 'm op, ONS!

Lieve ONS'jes en andere minder gelukkigen,

Dames heren, dank jullie voor een supermegagaaf afscheids-feest.
Ik hoop dat jullie nog net zo dronken zijn als ik.
En dank jullie wel dat jullie de krater niet in de fik hebben gesto-ken. Het is het enige wat we nog hebben.

xxx,

Heath

23

Een Waverly Owl komt altijd op tijd voor de rechtszaak

Aan de ernstige blik van meneer Tomkins kon Brett zien dat ze te laat was. Oeps... Bij het ontbijt was ze zo zenuwachtig geweest dat ze een heel kopje koffie op haar roomwitte Diane von Furstenberg-rokje had laten vallen, een rokje dat eerst van haar oudere zusje Bree was geweest. Ze had moeten terughollen naar Dumbarton, gauw de spijkerbroek aantrekken die over haar bureaustoel hing, en rennen naar Stansfield Hall. Ze was buiten adem en zag er vast heel schuldig uit. De deur naar de werkkamer van rector Marymount stond op een kier, en daardoorheen zag ze Callie met haar rossigblonde haar in een keurig paardenstaartje. Het was angstig stil in de werkkamer.

'Toe maar.' Meneer Tomkins knikte in de richting van de deur.

Zodra ze daardoorheen was geglipt, zag ze dat ze de laatste verdachte was die binnenkwam.

Heath keek op. Hij zat op een stoel aan de gigantische vergadertafel onder het raam en knikte Brett toe. Vervolgens steunde hij zijn hoofd weer op zijn handen.

De anderen zagen er ook al zo verslagen en katterig uit. Tinsley kon bijna niet uit haar ogen kijken, en Callie zag eruit alsof ze de hele nacht geen oog had dichtgedaan. Jenny, met een roze overhemd aan onder haar Waverly-blazer, hield een koffiebeker van Maxwell zo stevig vast dat haar knokkels wit waren. Easy gaapte drie keer achter elkaar, en Callie gaf hem een por met haar elleboog om hem te doen ophouden. Gekleed in een marineblauwe Polo-coltrui wreef Alison Quentin over haar linkerslaap, alsof daar een knoop zat. Zelfs Brandon, die nooit naar buiten kwam als hij er niet op zijn best uitzag, leek te dutten. Naast hem zat Sage te fluisteren met Benny, allebei met een grote smoothie voor zich. Alleen Julian leek geen kater te hebben. Hij keek uit het raam naar de rode en goudkleurige bladeren die heel sereen oplichtten in het ochtendlicht.

Brett zelf voelde zich verschrikkelijk rot. Ze had de afgelopen nacht niet kunnen slapen. Ze had maar liggen woelen, en haar best gedaan erachter te komen wat ze het ergste vond: dat Kara met Heath had gezoend, of de uitdrukking op Jeremiahs gezicht toen hij erachter kwam dat ze een minnares had. Betekende dat dat ze toch niet lesbisch was? Koesterde ze nog gevoelens voor Jeremiah? Er spookten zo veel tegenstrijdige gedachten door haar hoofd dat ze zich afvroeg of ze ooit achter de waarheid zou komen.

Jenny keek Brett vragend aan. Het leek alsof ze iets wilde zeggen, maar dat deed ze niet. In plaats daarvan nam ze een slokje koffie.

Tinsley keek naar Jenny, toen naar Callie en vervolgens naar Julian. Daarna liet ze haar blik rusten op Brett. 'Heb je míjn spijkerbroek maar aangetrokken?' vroeg ze opgewekt, daarmee de ongemakkelijke stilte verbrekend.

Iedereen keek op.

Brett keek naar de spijkerbroek die ze van de stoel had gepakt —háár stoel— in de overtuiging dat het haar donkere Paige-spijkerbroek was. In alle commotie had ze helemaal niet gemerkt dat de broek onwennig zat. Shit.

'Ik dacht niet dat je dat erg zou vinden,' reageerde ze liefjes. 'Per slot van rekening had je hem op míjn stoel gelegd.'

Tinsley grijnsde breed. 'Waar heb je anders kamergenoten voor?' Ze droeg een smaragdgroen Rebecca Beeson-jurkje met boothals, en in haar haren had ze een scheiding in het midden gemaakt, zodat het als een glanzende sluier over haar oren viel. Tot Bretts genoegen zat Tinsleys haar dan wel goed, maar haar gezicht zag bleek. Ze moest heel erg katterig zijn.

Niet dat Brett van een schoonheidsslaapje had kunnen genieten. Het was nauwelijks te geloven dat de volgende dag een van hen weg zou zijn, alsof diegene nooit op het Waverly was geweest.

Ze herinnerde zich een meisje uit de tijd dat ze hier net was, ene Sylvia. Op een dag was die Sylvia zomaar verdwenen, van school gestuurd omdat ze een werkstuk Engels had overgeschreven van internet. Toen Brett erachter kwam dat Sylvia van school was gestuurd, vond ze dat heel erg omdat Sylvia een Wilco-cd van haar had geleend. Meer dan een week was ze kwaad gebleven vanwege die cd, totdat ze een nieuwe had gekocht. Ze deed haar best zich te herinneren of ze iemand van ONS nog iets schuldig was. Had ze geld voor de lunch gebietst? Of geleende kleren niet teruggebracht, of iets anders wat de gedachtenis aan haar zou kunnen bezoedelen voor het geval Marymount haar aan haar nekvel door het hoge smeedijzeren hek zou gooien? Voor zover ze kon nagaan stond ze bij niemand in het krijt. Maar misschien zou ze Tinsley die stomme broek niet teruggeven.

Meneer Marymount betrad het vertrek. Hij floot een deuntje dat Brett niet goed kon thuisbrengen. Hij zag er uitgeslapen uit, met rozige koontjes. Als hij al wist dat er een afscheidsfeest had plaatsgevonden, liet hij daar niets van merken. Hoe kon het dat hij de rook van het kampvuur niet had geroken? Werd die nog gemaskeerd door de stank van de brand in de schuur, zoals Heath had beweerd? 'Goedemorgen, Owls,' zei hij.

Iedereen knikte zwijgend, afgezien van Tinsley, die Marymount strak aankeek met haar viooltjesblauwe ogen, niet bang om zijn blik te ontmoeten.

'Ik heb een beslissing genomen die jullie allemaal aangaat,' verkondigde Marymount opgewekt. Het klonk alsof ze net een auto hadden gewonnen, of een reisje naar Hawaï.

Bretts hart sloeg over. Zou hij niemand van hen straffen?

Hij zette de kalender op zijn bureau in een rechte hoek met het pennenbakje, terwijl iedereen ademloos wachtte op wat er zou gaan komen. 'Ik heb geen zin om jullie allemaal te verhoren om erachter te komen wie verantwoordelijk is voor de brand in de schuur van Miller. In plaats daarvan verwacht ik van jullie dat jullie me zelf de schuldige aanwijzen.'

Wat? Er klonk verbaasd gemompel. Brett keek naar haar medeverdachten. Iedereen was van plan geweest de verhalen van de anderen te bevestigen. Maar nu opeens stonden ze niet meer tegenover de rector, maar tegenover elkaar.

'Stilte.' Ineens klonk Marymount niet meer zo opgewekt. 'Ik zal jullie vertellen hoe het in zijn werk gaat. Ik ga ontbijten met de eventuele nieuwe leerlingen, die jullie hopelijk hartelijk hebben ontvangen. Zodra ik terugkom, wil ik dat de schuldige bekent. Degene die opstaat en zegt: "Ik heb het gedaan", wordt uiteraard van school verwijderd, en de anderen gaan gewoon naar de les. Wat vinden jullie ervan?' Zonder op een reactie te wachten ging hij verder. 'Meneer Tomkins is in zijn kantoortje. Als jullie iets nodig hebben, kun je het hem vragen. Maar verspil zijn tijd niet, of die van jullie zelf, met pogingen tot uitstel. Er moet vandaag nog een einde aan deze toestand komen. Zijn er nog vragen?' Hij liet zijn blik over hen dwalen en draaide zich toen om naar de deur. Blijkbaar verwachtte hij geen protesten.

Brett schraapte haar keel. Als junior klassenprefect vond ze dat ze iets moest zeggen. 'Maar...' Haar stem klonk schril, daarom schraapte ze haar keel nog maar eens. 'Stel dat de schuldige hier niet aanwezig is?'

Marymount keek haar uitdrukkingsloos aan door zijn ronde

brilletje met het gouden montuur. Met zijn lievelingstrui onder zijn Waverly-blazer zag hij eruit alsof hij een lezing wilde geven over een stuk van Shakespeare, niet om het leven van een arme leerling te verpesten. 'Die is hier aanwezig,' zei hij, duidelijk niet in de stemming om in discussie te gaan. 'Zijn er nog meer vragen?' Hij fronste zijn borstelige grijze wenkbrauwen.

Er waren geen vragen.

'Prima.' Marymount pakte een paar paperassen van zijn bureau, trok zijn stoel naar achteren en nodigde Brett uit daarop plaats te nemen. 'Het heeft geen zin om te blijven staan, dit kan nog wel een poosje duren.'

Brett ging dankbaar zitten, want haar knieën knikten. Op zijn leren stoel met hoge rugleuning kon ze iedereen goed om de ovale tafel zien zitten.

'O, ik ben nog iets vergeten.' Marymount bleef staan in de deuropening, met de ingelijste klassenfoto's van afgestudeerde Owls om hem heen. De opgetogen leerlingen hielden lachend hun diploma op, alsof ze de verdachte leerlingen rond de tafel bespotten. 'Als jullie er tegen de tijd dat ik terugkom nog niet uit zijn, worden jullie allemaal van school verwijderd.'

Brett had nog nooit zo veel monden tegelijk zien openvallen.

De rector ging verder met: 'Dus denk maar goed na. Ik raad jullie aan dit geval heel ernstig op te nemen. En dat geldt ook voor jou, meneer Ferro.' En met die woorden vertrok hij.

Heath stak zijn tong nog uit, maar niemand moest erom lachen.

Tinsley was de eerste die iets zei. 'Het is hier verdomme snikheet.' Ze liep naar het raam en duwde het open, zodat er frisse lucht naar binnen kon komen. Iedereen haalde diep adem, alsof ze hun adem hadden ingehouden na wat de rector had gezegd.

'Hij maakt toch zeker een grapje?' zei Callie, zonder het tegen iemand in het bijzonder te hebben. Ze droeg een wollig vestje dat eruitzag alsof ze het al op de basisschool had gehad, en een blauw-wit gestreept jurkje. Ze wilde er zeker heel verantwoordelijk en onschuldig uitzien.

'Waar is Kara eigenlijk?' vroeg Heath opeens. Iedereen schrok ervan. Heath streek door zijn warrige blonde haar. Hij zag eruit alsof hij liever weer in zijn bed was gekropen.

Toen Brett om zich heen keek, zag ze dat Kara niet was komen opdagen. Ze sperde haar groene ogen wijd open.

'Gek dat Marymount daar niks over heeft gezegd,' merkte Jenny met een piepstemmetje op. Ze zag er heel klein uit in de grote stoel met de hoge rugleuning.

'Nou, dan zeggen we dat zíj het heeft gedaan.' Benny ging rechtop zitten en klapte in haar handen. Ze had haar bruine haar in een vlecht gedaan, en in haar oren fonkelden diamanten oorknopjes van Tiffany. 'Dan is alles meteen opgelost. Wie gaat Marymount halen?'

Brett verstarde. Ze kreeg het gevoel alsof iedereen naar haar keek, en dat er een reactie van haar werd verwacht.

Heath was de eerste die voor Kara opkwam. 'Hou op, zeg.' Hij deed zijn best minder serieus te klinken door erbij te grijnzen, maar het viel Brett op dat iedereen nieuwsgierig naar hem keek. 'Waarschijnlijk heeft ze gewoon last van een kater.' Hij had nog steeds het oranje ONS-T-shirt aan, heel erg gekreukeld, alsof hij erin had geslapen. Of misschien had hij zijn eigen bed de hele nacht niet gezien... Was hij al die tijd bij Kara geweest?

Brett schudde haar hoofd om die gedachte kwijt te raken. Het was maar goed dat Heath met zijn rug naar de muur zat, anders had de rector kunnen zien wat er op de rug stond: ONS NEDERIGE SCHULDIGEN. Ze zaten al diep genoeg in de problemen, Marymount hoefde niet te weten dat ze een geweldig afscheidsfeest hadden gehouden. Dat zou hij maar als beledigend opvatten voor hemzelf en zijn lijst.

'Kunnen we niet gaan demonstreren?' opperde Sage terwijl

ze met haar perzikkleurig gelakte nagels op het tafelblad roffelde. 'Als we Marymount dreigen dat iedereen het schoolterrein af zou gaan als deze... vervolging niet ophoudt, dan zou hij toch moeten inbinden?' Ze keek om zich heen en liet haar blik toen op Brandon rusten, die naast haar zat.

'Dat lukt heus niet,' reageerde Brandon toonloos. Hij zat heel dicht bij Sage.

Brett vroeg zich af of de intieme conversatie waarin ze hen gisteren verwikkeld had gezien, nog ergens toe had geleid. Het licht speelde over Brandons gouden haar, en ineens hoopte Brett dat het inderdaad ergens toe zou hebben geleid. Brandon was leuk, hij verdiende een meisje dat hem niet zo zou belazeren als Callie en die trut van het St. Lucius, die Elizabeth. Meteen dacht ze aan Jeremiah. Ze vond het nog steeds ongelooflijk dat hij met die Elizabeth naar bed was geweest, ook al was dat vlak nadat Brett hem had gedumpt. Maar nu ze in een ruimte zat met allemaal mensen die van school konden worden getrapt, leek het ineens niet meer zo belangrijk dat Jeremiah over de schreef was gegaan.

Brandon haalde zijn schouders op. 'Marymount wil dat er iemand wordt gestraft. Het maakt hem heus geen moer uit wie het is.'

'Nou ja, iemand heeft toch brand gesticht, of dat nou per ongeluk was of...' Bretts stem stierf weg. 'Wie het ook heeft gedaan, ben je echt van plan iedereen met je mee te sleuren?'

'Ja, stomkop, dat is niet erg aardig.' Heath zette zijn zwartleren Adidas-tas op de eikenhouten tafel.

Niemand zei iets.

Buiten klonk gelach. Met verlangende blikken keken ze naar het raam. Easy legde zijn hoofd op het tafelblad, en een paar anderen volgden zijn voorbeeld. Het was stil in het vertrek. Een eeuwigheid leek voorbij te gaan, waarin iedereen zwijgend voor zich uit keek.

'O god...' Het ontsnapte Brett zomaar ineens. Ze had naar Marymounts bureau gekeken, en opeens was haar blik gevallen op het familieportret dat naast de pennenhouder vol geslepen potloden stond, en de grote nietmachine met de sticker waarop stond: NIET AANKOMEN. Ze pakte de foto bij de zilveren lijst op en keek er nog eens goed naar. Het was toch niet te geloven... Marymounts echtgenote stond er vriendelijk lachend op. Het was een heel gewoon familieportret, zoals je dat aantrof op de meeste bureaus van de leraren. Maar op deze foto herkende Brett nog iemand anders dan mevrouw Marymount. Ze stond op, liep op Sage af en liet haar de foto ter bevestiging zien.

'Je méént het...' Sage' mond met de met lipgloss bewerkte lippen viel open. Ze liet de foto aan iedereen zien, en de wijde mouw van haar roze Splendid-blouse viel daarbij naar beneden.

'Wat?' vroeg Alison, die haar hoofd ophief en opkeek naar Brett. Een van de vlinderspeldjes was uit haar haren gegleden.

'Dat is Chloe,' zei Brett toonloos. 'Dat kleine etterbakje...'

'Is ze familie van Marymount?' vroeg Benny met een ongelovig piepstemmetje. Ze stond op.

'Wie?' Brandon wreef in zijn ogen. 'Wat is er?'

'Ik vroeg haar of er nog familieleden van haar op het Waverly hadden gezeten, en toen zei ze iets over een oom. Ze had verdomme best even kunnen zeggen dat haar oom de rector is.' Geërgerd schudde Benny haar hoofd, waarbij haar glanzende bruine vlecht heen en weer zwiepte. Opeens sloeg ze haar hand voor de mond. 'Ik heb haar verteld dat we drank in onze kamer hebben verstopt!'

Sage keek haar kamergenote met grote ogen aan. 'En mij vroeg ze wat Easy en Callie zaterdag in de stal deden.'

Callie kreeg een kop als een boei, en Easy kneep onder tafel in haar hand.

'Maar dat betekent...' begon Alison, maar ineens zweeg ze en keek nadenkend naar het plafond, alsof ze een moeilijk wiskundig probleem moest oplossen. 'Ze zei iets raars tegen me, over dat Alan en ik samen zaten te leren...' zei ze. 'Toen snapte ik het niet goed, maar nu...' Ze trok een grimas. 'Het ettertje.'

Tinsley keek zelfvoldaan, en leunde zo ver achterover op haar stoel dat Brett hoopte dat die zou omvallen. Vervolgens legde ze haar in hooggehakte schoenen van Sigor Morrison gestoken voeten op tafel. 'Wauw, wat een gemene streek, zeg. Ik kan er alleen maar bewondering voor opbrengen.'

Plotseling begreep Heath het. 'Ik maakte maar een grapje over dat naakt rondlopen...' Toen Brandon hem met tot spleetjes geknepen ogen aankeek, hief hij zijn handen, als om zijn onschuld te betuigen. 'Dus eigenlijk zitten we allemaal hier omdat we waar dat meisje bij was iets hebben gezegd of gedaan wat niet in de haak is?' riep hij uit. Hij zag er zowel kwaad als geïmponeerd uit.

'Ja, of omdat we niet aardig tegen haar zijn geweest. Ze heeft alles verklapt aan haar oom. Wat een vals kreng! Het is niet eerlijk!' Kwaad sabbelde Alison op een lok haar.

'Ik zal jullie eens vertellen wat niet eerlijk is,' zei Benny opeens. Iedereen viel stil. Ze roffelde met haar lange nagels op het tafelblad. 'Kara ligt waarschijnlijk haar roes uit te slapen terwijl wij moeten beslissen wie er van school moet worden getrapt.'

Brett trok een grimas bij het horen van Kara's naam. Ze wist niet zeker waar ze de voorkeur aan gaf: Kara die hier ook zat, of juist liever niet. Waarom zou ze niet zijn gekomen? Waarschijnlijk was het stil protest. Kara was de enige met voldoende lef daarvoor.

Deze keer zei Heath met krachtiger stem: 'Ik zei toch dat jullie haar met rust moeten laten. Ze heeft gewoon een lange nacht achter de rug, meer niet.'

Benny haalde haar schouders op. 'Hoor eens, Heath, ik snap best dat je je schuldig voelt omdat je haar dronken hebt gevoerd zodat jij met haar kon zoenen of wat je ook van plan was, maar echt, hoor, we hebben allemaal net zo weinig geslapen als jullie, en wíj zijn er wel.' Ze stak haar tong uit naar Heath, besefte toen pas wat ze eruit had geflapt en keek Brett verontschuldigend aan.

Brett besefte dat iedereen naar haar keek. Ze had er genoeg van om steeds in elkaar te krimpen wanneer dat gebeurde, en daarom rechtte ze haar rug. 'We hebben jullie in het bos gezien,' zei ze toonloos. Vervolgens draaide ze haar stoel zodat ze Heath recht in het gezicht kon kijken. Ze hoopte dat niemand zou vragen wie 'we' waren. Jeremiah hoefde er niet bij betrokken te worden.

Heath' knappe gezicht kreeg de kleur van een tomaat. 'Brett, eh... kunnen we even ergens rustig praten?'

Hoofdschuddend keek Brett hem aan. 'Zeg hier maar wat je te zeggen hebt. Op het Waverly hebben we immers geen geheimen voor elkaar?' Ze sloeg haar armen over elkaar en keek de anderen aan, haar groene ogen tot spleetjes geknepen. Iedereen keek weg of legde zijn of haar hoofd op tafel, alsof dat hen onzichtbaar kon maken. Ja hoor... Ze wilden natuurlijk details horen. Alleen Jenny keek Brett met een warme blik aan.

Schaapachtig keek Heath om zich heen, niet helemaal zeker of hij Brett goed had begrepen. Toen trok hij aan zijn oranje T-shirt en streek er een paar kreukels uit. Uiteindelijk durfde hij Brett aan te kijken. 'Het spijt me heel erg, ik weet dat het heel verkeerd was, maar...' Nerveus streek hij door zijn warrige haar. Waarschijnlijk voelde hij zich erg onwennig nu hij zijn excuses moest aanbieden. 'Weet je, ik had het gevoel dat het niet helemaal goed ging tussen jullie. Dat is natuurlijk geen excuus, maar...' Er verscheen een dromerige uitdrukking op zijn gezicht. 'Ik ben niet meer zo weg geweest van een meisje sinds Juliet van Pelt.'

Aan de andere kant van de tafel schudde Brandon zijn hoofd, en Brett vroeg zich af over wie Heath het had.

'Ik bedoel...' zei Heath, en hij keek Brett smekend aan.

Dat deed Brett denken aan vroeger, wanneer haar oudere zusje Bree hun ouders smeekte of ze echt niet wat later thuis mocht komen van een feestje.

'Weet je dan niet hoe het voelt als je iemand zo leuk vindt dat verder niks er meer toe doet?' vroeg Heath.

Iedereen keek hem geschokt aan. Heath Ferro die klonk als de held uit een romantische film? Vooral Brett was ontdaan. Zíj wist donders goed hoe het voelde om zo veel om iemand te geven. Maar dat voelde ze niet voor Kara, maar voor Jeremiah. Ze was nog steeds verliefd op hem, ook al deed ze nog zo haar best zichzelf ervan te overtuigen dat dat niet zo was.

Maar nu maakte het niet meer uit. Jeremiah zou het nooit weten. Want ze was niet alleen een leugenachtige bedriegster die met een leraar in bed was gekropen, en een jaloerse meid die Jeremiah al twee keer had gedumpt, maar nu ook nog een lesbische pyromaan. Jeremiah zou nooit van zijn leven weer verliefd op haar worden, of zelfs ooit nog met haar willen praten.

24

Een Waverly Owl weet dat waar rook is, ook vuur moet zijn

'Een motief,' zei Tinsley, en meteen was iedereen weer bij de les. 'Daar zoeken we naar. Het motief en de gelegenheid.'

Callie was opgelucht dat Tinsley de verraste stilte had doorbroken. Brett zat onderuitgezakt in Marymounts stoel. Callie wilde meelevend naar haar lachen, maar Brett hield haar blik gericht op de kalender die op Marymounts bureau stond.

'Volgens mij was iedereen hier in de gelegenheid om brand te stichten.' Heath lachte, blij dat het gesprek niet meer draaide om Kara en hem. 'Daarom zitten we toch hier?'

Tinsley wierp hem een nijdige blik toe. 'Goed, dan het motief. Laten we het daar eens over hebben.'

Callie wist wat Tinsley van plan was. Tersluiks keek ze even naar Easy, maar die zat te tekenen op een stuk papier. Op het feest was ze nog een poosje bij Tinsley en Chloe gebleven, maar toen had ze Easy opgezocht, in de hoop dat ze stiekem het bos in konden gaan om even alleen te kunnen zijn. Maar hij had gezegd dat hij moe was en was al vroeg weggegaan. Nog steeds zag hij er behoorlijk uitgeput uit, en ze hoopte dat hij alleen maar vermoeid was. Maar ze kreeg een misselijk gevoel bij de gedachte dat hij haar van iets verdacht. Ze moest maar goed op haar tellen passen.

'Ik snap er verdomme niks van.' Benny sloeg haar armen over elkaar. 'Kan die brand niet gewoon per ongeluk zijn ontstaan?'

Iedereen knikte instemmend.

'Maar Marymount wil bloed zien,' reageerde Tinsley terwijl ze een lok glanzend haar uit haar gezicht streek. 'Na alles wat zijn nichtje hem heeft verteld...' Ze knikte in de richting van het familieportret in de zilveren lijst, dat nu midden op tafel stond. 'Hij gelooft overduidelijk dat iemand opzettelijk brand heeft gesticht. Hij weet alleen nog niet wie het sterkste motief had, en daarom zitten we hier opgesloten.'

Tinsleys woorden bleven in de lucht hangen, en Callie zag hoe zelfvoldaan ze keek, wachtend op iemand die haar zou tegenspreken.

'Wat voor motief?' vroeg Callie aarzelend. Spelend met een lok golvend blond haar keek ze naar Easy, die fronsend terug-keek, alsof hij wilde zeggen: waar ben je in godsnaam mee bezig?

'Nou, eens zien.' Met schuingehouden hoofd bestudeerde Tinsley het plafond, alsof ze diep nadacht. 'Wat zou een goed motief zijn... Jaloezie?'

Callie keek maar niet naar Jenny, die precies tegenover Tinsley en haarzelf zat. In plaats daarvan pulkte ze aan haar nagels. Sinds kort was ze weer gaan nagelbijten, een slechte gewoonte waar ze al jaren vanaf was. Misschien kon ze dit week-end de trein naar Manhattan nemen om haar nagels te laten doen. Een dagje in een schoonheidsstudio had ze wel verdiend na al deze stress.

'Jaloers op wat of wie?' vroeg Brandon. Hij nipte aan zijn flesje Evian, en Callie keek er jaloers naar.

'Dat is nou net de vraag,' reageerde Tinsley.

Tersluiks wierp Callie een blik op Jenny, die heen en weer schoof op haar stoel en knabbelde op de rand van haar lege kof-fiebekertje.

'Jaloezie,' ging Tinsley verder.

'Iemand die jaloers was,' viel Callie haar bij. Achteloos haalde ze haar schouders op, alsof deze verklaring nog maar net bij haar was opgekomen. Vervolgens trok ze haar witte topje goed.

'Wacht eens, jullie bedoelen toch niet dat het een moordaanslag was?' vroeg Sage Francis. Spottend trok ze haar dunne blonde wenkbrauwen op.

Callie had wel kunnen gillen: hou je bek, Sage!

'Belachelijk,' voegde Sage eraan toe.

Tinsley lachte. Het klonk heel natuurlijk, alleen Callie hoorde dat het geen echte lach was. 'Het was geen moordaanslag.' Geamuseerd schudde Tinsley haar hoofd. 'Maar het is heel goed mogelijk dat iemand zo jaloers was dat die persoon alle voorzichtigheid in de wind sloeg en inderdaad slachtoffers had kunnen maken.'

'Wie dan?' vroeg Easy. Zijn ogen fonkelden, alsof hij Tinsley uitdaagde de naam van Jenny te noemen.

Callie kromp in elkaar.

'Ja, wie dan?' vroeg Julian.

Hij was zo stilletjes geweest dat Callie was vergeten dat hij er was.

Callie keek naar Tinsley. Haar vriendin met de viooltjesblauwe ogen leek te genieten van de twijfel van de anderen, alsof ze daar kracht aan ontleende.

Tinsley had haar blik op Jenny gevestigd.

Eerst deed Jenny alsof ze dat niet merkte, maar dat kon ze niet volhouden toen iedereen naar haar keek.

'Wat?' vroeg Jenny uiteindelijk. Ze hield haar hoofd fier rechtop, en ze keek Tinsley tot ieders verrassing strak aan. 'Als je iets te zeggen hebt, doe dat dan.'

Er verscheen een lachje op Tinsleys gezicht, en op dat moment wist Callie dat er geen houden meer aan was. Wanneer Tinsley zich eenmaal in iets had vastgebeten, liet ze zich nergens meer door weerhouden. Sinds Tinsley was teruggekomen op school en Jenny in haar oude bed had aangetroffen, had ze het op het meisje gemunt. Tinsley was eraan gewend dat iedereen op school het over haar had, maar Jenny, die zo lief was en enorme tieten had, was haar voorbij gestreefd. Callie snapte heel goed waarom Tinsley de pest had aan Jenny, al begreep ze de gevoelens van diepe haat niet helemaal. Jenny had immers niet Tinsleys vriendje afgepikt.

'Nu je het vraagt, Jenny...' begon Tinsley giftig.

'En jij bent zo onschuldig als een pasgeboren lammetje?' vroeg Julian ineens.

Callie vond het ongelooflijk dat een onderbouwer, hoe leuk en lang hij ook was, de moed kon opbrengen om Tinsley Carmichael aan te vallen. De rode bladeren van de berkenbomen zwiepten in de wind, dat zag ze door het raam. Maar Julian zag er heel koeltjes uit, alsof hij alle troeven in handen had en wachtte op het juiste moment om zijn kaarten op tafel te leggen. De anderen keken van Julian naar Tinsley en weer terug, alsof het een tennismatch was.

Tinsley keek Julian recht aan. Haar maag kromp samen toen ze de blik in zijn anders zo warme bruine ogen zag. Onder tafel zette ze haar nagels in haar handpalm. Had hij dan zo'n grote hekel aan haar? Goed, ze was de laatste paar dagen niet bepaald aardig tegen hem geweest. Maar als ze heel eerlijk was, had ze gehoopt dat hij door het stof naar haar toe zou komen kruipen zodra Jenny uit beeld zou zijn. Maar als Julian haar niet kon luchten of zien, moest hij maar net zo intens verdrietig worden als zij zich voelde.

'O, je vindt dat ík hier de slechterik ben... Logisch dat je het voor Jenny opneemt,' zei ze. Vervolgens richtte ze haar blik op Jenny, die weigerde haar ogen neer te slaan. 'Jenny, wil je ons vertellen over de tekening die je dinsdag hebt gemaakt tijdens de tekenles?'

Ademloos beet Callie op haar lip. Ze durfde Easy niet aan te kijken, hoewel ze zijn blik op zich voelde branden.

Jenny was wit weggetrokken. Ze deed haar mond een paar keer open en dicht, net een stervende goudvis. Het was wel duidelijk dat ze zich afvroeg hoe Tinsley van die tekening wist.

Callie vond dat ze ontzettend boften. Het plan was geweest dat Chloe haar oom ervan zou overtuigen dat Jenny de schuldige was. Maar nu meneer Marymount de leerlingen de schuldige liet aanwijzen, was het fijn dat Jenny zo stom was geweest om iets op papier te zetten wat haar heel erg verdacht deed lijken. De grootste bof was natuurlijk geweest dat Chloe die tekening had gezien. Tijdens het feest had Chloe ze over de tekening verteld. Callie voelde zich wel een beetje schuldig dat ze Jenny erbij wilden lappen, maar waarom zou Jenny zo'n tekening hebben gemaakt als ze niet onderbewust wilde toegeven dat zíj de brand had gesticht?

Jenny's gezicht zag nu grauw, en dat deed Callie denken aan die keer dat ze hier net was, toen ze een kikker had moeten opensnijden in de biologieles. Brett had toen ook die kleur gekregen, waarna ze de tafel had ondergekotst.

'Jemig, het was gewoon maar een tekening, hoor,' zei Alison ineens. Ze ging op het puntje van haar stoel zitten, nerveus omdat ze Tinsley aanviel. Ze keek even naar Jenny, die weer een normale kleur op haar gezicht had gekregen.

'Eh... wat was dat voor tekening?' Benny keek van Jenny naar Tinsley, alsof ze niet goed wist voor wie ze partij moest kiezen. Na een poosje bleef ze haar blik op Tinsley gericht houden.

Tinsley sloeg haar armen over elkaar, net alsof ze erop had gewacht dat iemand die vraag zou stellen. 'O, gewoon een tekening van een schuur die afbrandt. En in die schuur staan twee mensen te zoenen,' antwoordde ze achteloos. De woorden bleven in de lucht hangen.

Callie slaakte een gesmoorde kreet. Ze hoopte dat ze er geschokt uitzag. Erg goed toneelspelen had ze nooit gekund, en dit was waarschijnlijk het belangrijkste optreden van haar leven.

'Wie waren die twee mensen?' vroeg Easy geërgerd.

Callie keek naar een kras in het tafelblad. Het leek net alsof een wanhopig iemand die had gemaakt.

'Goed, de vraag is gesteld,' reageerde Tinsley lijzig. Ze zette haar handen op tafel en duwde zich overeind. Haar smaragd-groene jurkje viel vorstelijk om haar slanke gestalte. Ze boog zich naar Easy toe op een intimiderende manier, net zoals een advocaat. 'En Jenny zal die beantwoorden.'

Callie was zich bewust van Easy's woede. Ze had een akelig gevoel in haar maag, en even werd ze bang dat ze zou moeten overgeven. Dat Easy zo kwaad was, deed haar zich afvragen of dit het wel de moeite waard was. Maar ze kon nu niet meer terug...

'Hoe weet je van die tekening?' vroeg Jenny, die haar stem weer terughad. 'Bespioneer je me soms?' Het klonk erg fel, ook al was ze nog steeds een beetje bang voor Tinsley. Zou iedereen denken dat zíj de schuur in de fik had gestoken, alleen maar omdat ze een tekening van de brandende schuur had gemaakt? Dat was te gek voor woorden. Maar dat was deze hele situatie ook al.

'Wilde je het soms ontkennen?' Tinsley liep heen en weer voor het raam als een advocaat op tv.

Jenny kreeg de indruk dat Tinsley heel lang op dit moment had gewacht, misschien al sinds ze haar in Fendi-laarzen gesto-ken voet weer op het schoolterrein had gezet en Jenny in de kamer aantrof. Tinsley had zeker al de pest aan haar gehad lang voordat er iets was voorgevallen tussen Julian en haar. Dat zou wel eens de laatste druppel kunnen zijn geweest.

'Maar hoe...' Jenny's stem stierf weg. Om haar heen begon alles te draaien, net als iets uit *Sjakie en de chocoladefabriek*. Alleen had hier Johnny Depp niet de touwtjes in handen, maar

Tinsley Carmichael. Ze wist niets te zeggen waardoor ze niet nog verdachter zou lijken, en zelfs Alison, Brett, Brandon en Julian, de mensen van wie ze had gedacht dat ze aan haar kant zouden staan, keken haar verwachtingsvol aan.

'Het maakt niet uit hoe ik dat weet,' snauwde Tinsley. 'Geef nou maar gewoon antwoord op de vraag.'

Jenny was zich bewust van een zinderende spanning. Zelfs Julian keek haar aan met een nieuwsgierige blik in zijn grote bruine ogen. 'Eigenlijk stelt het niks voor,' zei ze, met haar blik gericht op Brett, die toch zeker moest weten dat ze onschuldig was. 'Jullie weten toch hoe mevrouw Silver is?' Ze streek een krullende lok uit haar gezicht. Het was hier snikheet, en ze had erg behoefte aan een groot glas water. Verlangend keek ze naar Brandons flesje Evian. Nu al kon ze niet helder meer denken. 'Ze liet ons een tekening maken met onze ogen dicht,' legde ze uit. Ze moest echt naar woorden zoeken. 'Ik vond dat erg moeilijk. Ik denk dat ik nog overstuur was van... Nou ja, we waren allemaal overstuur, toch? Van de brand?'

Om bevestiging zoekend keek ze om zich heen, maar de anderen, de leerlingen van wie ze dacht dat ze haar vrienden en vriendinnen waren, keken allemaal weg.

'Ja?' zei Tinsley bemoedigend. Ze zat met haar armen over elkaar op de vensterbank. 'De tekening, weet je nog?'

'Het was een tekening van de brand,' ging Jenny verder. Ze voelde zich ellendig, en ze nam het mevrouw Silver erg kwalijk dat die haar had gedwongen uit haar onderbewustzijn te putten. Waarom had ze niet ook gewoon vierkantjes getekend, zoals Alison had gedaan?

'Nou en?' reageerde Heath. Tersluiks keek hij Jenny aan.

Meteen moest Jenny denken aan de eerste avond dat ze op het Waverly was, en ze met hem had zitten zoenen.

'Sorry hoor, maar het was vast geen Picasso of een Rembrandt of zo,' ging Heath verder.

Jenny had zo graag een plaatsje op deze kostschool willen veroveren, ze had het allemaal erg opwindend gevonden. En nu hadden al twee jongens tegen haar gelogen en haar hart gebroken, en de populaire meisjes hadden de pest aan haar. Was haar leven er hier op vooruitgegaan? Nee, het was juist veel en veel afschuwelijker geworden.

Tinsley wierp Heath een blik toe om hem de mond te snoeren. Over Heath had ze uiteraard ook macht. 'Wat stond er nog meer op de tekening?' vroeg ze.

'Hoe bedoel je?' vroeg Jenny onschuldig. Ze had gehoopt dat Julian of Heath voor haar in de bres zouden springen, of misschien Brett. Zij zouden een einde kunnen maken aan Tinsleys kruisverhoor. Maar niemand deed een mond open. Jenny keek naar het maffe rode horloge. Was ze maar ergens anders, desnoods in een naar zweet ruikende, overvolle wagon in de Bronx nadat de Yankees hadden verloren, als het maar niet hier was.

'Heb je twee mensen in de brandende schuur getekend?' vroeg Tinsley. Nog voordat Jenny daarop antwoord kon geven — als ze al had geweten wat ze moest zeggen; als ze maar net zo goed zou kunnen liegen als de meeste leerlingen hier — stelde Tinsley nog een vraag: 'Waren het Callie en Easy?'

Iemand in de hoek slaakte een gesmoorde kreet. Jenny hoopte maar dat het niet Julian was.

'Klopt dat?' Benny sloeg haar hand voor de mond. 'Maar dat is...' Haar stem stierf weg.

'Was je zo jaloers toen je Callie daarbinnen met Easy zag dat je besloot de schuur maar in de fik te steken?' Tinsley zette haar handen in de zij.

'Zo is het wel genoeg. Kappen nou.' Easy ging recht overeind zitten en keek kwaad. 'Het was gewoon maar een tekening. Zet dat meisje toch niet zo onder druk, vals kreng!'

Jenny voelde zich ontzettend dankbaar, maar voordat ze iets

kon zeggen, zwaaide de deur open en liep Marymount het vertrek in.

'Zo,' zei hij met zijn handen in de zakken van zijn blazer.

Jenny stond op het punt van flauwvallen. Wat was dit voor rector? Híj had de leerlingen moeten ondervragen, hij had bewijzen moeten verzamelen, hij had overleg moeten plegen met de politie. In plaats daarvan had hij de macht overgedragen aan degenen met de grootste mond.

'Zijn jullie al tot een besluit gekomen?' vroeg hij.

Jenny keek om zich heen. Iedereen staarde haar aan. Zelfs Julian keek alsof hij haar niet kende. Ze klampte zich vast aan de tafelrand, en kon nog maar één ding denken: ze hoorde hier niet, op het Waverly. Dat was duidelijk te zien aan de manier waarop iedereen zich tegen haar keerde. Niemand gaf om haar. Toen ze hier net was, had ze alleen maar vrienden willen maken en hoopte ze zich er thuis te voelen. Maar wie van de aanwezigen hier was een echte vriend of vriendin? Ze had een poosje gedacht dat Callie dat was, maar dat was een vergissing gebleken. Brett gaf wel om Jenny, maar zij had het te druk met Kara om veel aandacht aan Jenny te kunnen besteden. De relatie met Easy leek een soort onwerkelijke droom. En Julians kussen waren vals gebleken, want ook hij had tegen haar gelogen.

'Nou?' vroeg Marymount dwingend.

Niemand zei iets.

Jenny keek om zich heen. Een van hen was de schuldige, maar ineens kon het haar niet meer schelen wie dat was. Ze wist alleen maar dat ze deze kamer uit moest, waarin ze bijna stikte.

'Ik heb het gedaan. Nou goed?' Ze schoof haar stoel piepend weg bij de tafel. Ze voelde dat ze diep bloosde. Voordat iemand haar kon tegenhouden, beende ze het vertrek al uit.

Verblind door tranen holde Jenny de trap af en over het gazon naar Dumbarton. Het was voorbij. Voor haar geen kostschool meer, geen leuke jongens, geen wilde feesten. Ze ging naar haar kamer om haar koffers te pakken en daarna voorgoed het schoolterrein te verlaten.

Aan: Alle leerlingen van het Waverly
Van: RectorMarymount@waverly.edu
Datum: woensdag 16 oktober, 12:34
Onderwerp: Gerechtigheid

Beste Owls,

De kwestie van de brand in de schuur van Miller is opgelost. Een leerling heeft bekend brand te hebben gesticht. Ze zal meteen van school worden verwijderd.

Ik reken erop dat jullie dit goed ter harte nemen. Voortaan moeten jullie je gedragen als keurige Waverly Owls.

Bij voorbaat dank,
Rector Marymount

KaraWhalen:	Ik ben net wakker geworden. Wat is er allemaal gebeurd?
HeathFerro:	Het is goed shit. Jenny heeft bekend.
KaraWhalen:	Wat? Maar dat kan niet!
HeathFerro:	Weet ik. Misschien moet je eens met Brett gaan praten.
KaraWhalen:	Hoezo?
HeathFerro:	Ga nou maar met haar praten.
KaraWhalen:	Oké.
HeathFerro:	Maar als je hier komt, wil ik het je ook wel vertellen. ;-)

25

Een Waverly Owl kent het verschil tussen afscheid nemen en vaarwel zeggen

Jenny legde de laatste spijkerbroek van Banana Republic in de oude Samsonite-koffer van haar vader. Haar oog viel op de verweerde sticker met de tekst MET LIEFDE WORDT MEER BEREIKT DAN MET BOMMEN erop, en meteen vroeg ze zich af wat ze tegen haar vader moest zeggen. Ze had nog niet eens zijn mailtje van de vorige dag beantwoord, terwijl hij dat toch vanuit de kat had geschreven. Nou ja, ze kon in de trein altijd nog iets verzinnen. Ze had haar enorme witte tas van LeSportsac met de rode stippen in vliegende vaart volgepropt, vol boeken, kleren en make-upspulletjes. Het kon haar geen moer schelen als ze iets zou laten liggen. Het leek nog maar zo kort geleden dat ze de oprijlaan op was gelopen, sjouwend met alles wat ze bezat.

Nu dacht ze met minachting terug aan die Jenny, de oude Jenny die zo graag de nieuwe Jenny wilde worden. Was ze echt zo naïef geweest om te denken dat haar leven volledig ten goede zou veranderen door naar kostschool te gaan? In de stad had ze altijd problemen gehad, er was zelfs in de roddelrubriek van de krant over haar geschreven. Ze dacht dat ze zich hier zou kunnen ontwikkelen tot iets beters, iets leukers. Het had nog geen twee maanden geduurd. Een korte flits. Ooit zou ze een hoogbejaarde dame in een schommelstoel zijn met borsten die op haar knieën hingen, en dan zou ze zich misschien niet eens meer kunnen herinneren dat ze op een chique kostschool had gezeten.

De tranen sprongen in haar ogen, en haar keel voelde dicht-geснoerd. Hoe zou ze kunnen vergeten dat Easy een portret van haar had geschilderd, of dat Julian haar had gezoend op de boerderij van Miller, of al die avonden dat ze samen met Brett hun nagels hadden gelakt? Al deze dingen werden overscha-duwd door de donkere wolk met de naam Tinsley Carmichael. Jenny kon nauwelijks geloven dat Tinsley zover was gegaan. Nog moeilijker kon ze geloven dat Tinsley zo grondig de pest aan haar had. Het was afschuwelijk dat iemand zo'n enorme hekel aan haar had.

Ze ging zitten op de overvolle koffer om die dicht te kunnen krijgen. Ze wist niet waarom ze ineens had bekend, maar het was een hele opluchting geweest om Marymounts werkkamer uit te kunnen stormen. Ze voelde zich bevrijd. Ze hoefde zich geen zorgen meer te maken over wie wat over haar zei, of wie er allemaal tegen haar samenspanden.

Met een ruk draaide ze zich om toen er op de deur werd geklopt. Zou dat Tinsley soms zijn, of Callie, om haar eens fijn uit te lachen?

Maar het was Easy. Hij leunde tegen de deurpost aan, zijn handen in de zakken van zijn verbleekte groene cargobroek. Zijn krullen vielen over zijn voorhoofd. 'Ga je echt weg?' vroeg hij zacht. Hij liet zijn blik door de kamer dwalen, over haar bed waarvan ze de lakens al had ingepakt, samen met het kriebeli-ge lichtblauwe dekentje dat haar vader haar had meegegeven.

'Ik ben van school getrapt,' zei Jenny. 'Dus ga ik weg.'

Easy wreef in zijn nek.

Ze was zich bewust van zijn blik, maar ze richtte haar aan-dacht op haar koffer, die maar niet dicht wilde.

'Jawel...' zei hij.

Jenny wachtte op wat hij nog meer zou zeggen.

'Maar je had toch niks met die brand te maken?' vroeg hij uiteindelijk.

Ze gaf geen antwoord. Ze was bang dat ze in huilen zou uitbarsten als ze dat deed. Dus bleef ze maar bezig die koffer dicht te krijgen. Het was lief van Easy dat hij het voor haar had opgenomen, maar het was niet genoeg en het kwam te laat.

'Hoi,' zei Easy.

Net wilde ze zich naar hem omdraaien, toen ze Brett hoorde die Easy teruggroette. Eindelijk klikte de koffer dicht. Jenny pakte de L.L.Bean-tas die haar vader haar had gestuurd. Er stond met grote letters JAH op, ook al was haar middelste naam Talullah. Hij had gezegd dat mensen die van reggae hielden het wel zouden snappen, al begreep Jenny er zelf niets van. Ze propte haar kleurige sokken erin, blij dat ze haar ondergoed al had ingepakt, vooral de gigantische oma-beha's. Die hoefden Easy en Brett niet te zien.

'Nou, Marymount is in de zevende hemel.' Bretts stem klonk luchtig, maar haar gezicht was bleek en bezorgd. 'Hij doet net alsof hij het mysterie achter de moordaanslag op Kennedy heeft opgelost.'

Jenny tuitte haar lippen. 'Fijn voor hem,' was alles wat ze zei.

Opeens verscheen Alison ook in de deuropening. 'Hè, jakkie!' riep ze uit toen ze Jenny zag pakken. 'Meen je dat nou?' Ze drong zich langs Brett naar binnen. 'Nee, dat kun je niet menen.'

Schouderophalend keek Jenny naar Alison, die een bezorgde blik in haar amandelvormige ogen had. Het kostte Jenny grote moeite niet te gaan huilen. Om de waarheid te zeggen was ze dol op deze mensen en deze school, al deed ze nog zo haar best om dat te ontkennen.

Op dat moment stapte Brandon naar binnen en begon het in de kamer naar Acqua di Gio te ruiken. 'Ga nou niet weg,' zei hij zacht tegen Jenny.

Daardoor speet het Jenny dat ze nooit met hem had gezoend, alleen maar om erachter te komen hoe dat zou zijn.

Maar ook hij was niet echt voor haar opgekomen, daarnet in de kamer van de rector.

'We weten allemaal dat jij het niet hebt gedaan,' ging hij verder.

'Wie het wél heeft gedaan, is een rotzak,' zei Brett. Ze liep op Jenny af en sloeg haar arm om haar heen. Ze was een stuk langer dan Jenny, Jenny's hoofd lag prettig tegen haar aan. 'Het is toch niet te geloven dat iemand zomaar brand kan stichten en dat jíj van school wordt getrapt. Het is niet eerlijk!'

'We kunnen naar Marymount gaan en zeggen dat je er niks mee te maken had,' zei Alison beverig. Waarschijnlijk voelde ze zich schuldig vanwege de tekening, hoewel zij er niets aan kon doen. Jenny dacht dat het niets zou hebben uitgemaakt als ze geen tekening van Easy en Callie in de brandende schuur had gemaakt; haar lot stond al vast.

'Goed idee!' Brett liet Jenny los en keek Alison aan. 'Ik ga met je mee!'

'Nee, niet doen!' Het verbaasde Jenny zelf dat het zo vol gezag klonk. Ze trok de koffer van het bed af en liet die met een onheilspellende klap op de houten vloer vallen. 'Het maakt toch niet uit. En hij zou jullie ook niet geloven.' Ze slikte de brok in haar keel weg. 'Misschien is het zo wel beter.'

'Het is net alsof er een moordenaar in ons midden is.' Brett schudde haar hoofd met het knalrode haar.

Toen Jenny haar zo zag, besefte ze pas goed hoe erg ze haar zou missen. Maar goed, ze konden elkaar mailen. Toch?

Niemand zei iets, en het werd doodstil in de kamer.

'Pardon,' klonk ineens een stem.

Jenny herkende die meteen; het was Julian. Vol verwachting draaide iedereen zich naar hem om, alsof hij de gouverneur van de staat was en een gratieverzoek had ingewilligd.

'Eh... Mag ik Jenny heel even alleen spreken?' vroeg hij.

Jenny stopte nog een paar J.Crew-truien in haar tas, en

deed haar best er niet aan te denken dat haar naam zo leuk klonk als Julian die uitsprak.

Easy liep de gang op en knikte nog even naar Jenny. Ook Brett, Brandon en Alison schuifelden de kamer uit.

Julian leunde tegen de deur, die dicht klikte. Zijn hoofd raakte bijna de bovenste deurpost. 'Gaat het een beetje?'

Jenny haalde haar schouders op. Ze wist niet wat ze moest zeggen. Dus pakte ze nog maar een trui, de dikke met capuchon van een onbestemde kleur die haar vader haar had gestuurd, en propte hem in haar tas.

'Het ging er daar ruig aan toe,' zei Julian, en meteen zag Jenny Tinsley weer voor zich. 'Maar waarom heb je de schuld op je genomen? Je hebt het immers niet gedaan? Je was bij mij.'

'Ik wil er niet over praten,' zei Jenny. Dat meende ze niet echt, maar ze wist dat erover praten er niets aan kon veranderen. Ze had bekend, en Marymount had haar van school getrapt. Het was voorbij. Ze ging naar huis. Toen ze de rits wilde dichttrekken, trilden haar handen.

'Ik kan gewoon niet...' Julians stem klonk onvast, en in zijn ogen was de blik verschenen van een bedroefde puppy. 'Je moet niet op deze manier weggaan. Dat klopt niet.'

'Het leven is nu eenmaal onrechtvaardig,' reageerde Jenny. Het verraste haar dat ze zo zakelijk kon zijn.

'Ik ken jou,' zei Julian, die een beetje tot zichzelf was gekomen. Hij leunde met zijn elleboog op Jenny's ladekast, waar nu niets meer op stond.

Ineens drong het tot Jenny door dat hij eigenlijk veel te lang voor haar was.

'Waarom doe je alsof het je niets kan schelen?' vroeg hij.

'Ik ben niet degene die doet alsof,' snauwde ze. Ze pakte haar tas van de vloer en zette hem naast de koffer. Ze werd zelf een beetje bang van haar woede.

'Ik heb nooit gedaan alsof.' Julian keek naar de grond. 'Nou ja, misschien deed ik alsof dat met Tinsley nooit was gebeurd.' Even zweeg hij. 'Maar alleen omdat ik dat zo heel erg graag wilde.'

Jenny liet zich op het bed ploffen. Ze voelde zich net zo leeg als het kale matras. 'Zo werkt dat niet.'

Julian beet op zijn lip.

In zijn verschoten blauwe polo en verweerde kaki broek zag hij eruit als de jongens van het St. Jude die ze in Central Park vaak had zien spelen. Ze vroeg zich af wat er zou zijn gebeurd als ze hem daar had leren kennen, ver weg van het Waverly, en al helemaal ver uit de buurt van Tinsley Carmichael. Zouden ze dan een kans hebben gemaakt?

'Die ochtend na de brand, toen we in het bos wandelden, wilde ik het je vertellen van Tinsley,' zei hij terwijl hij een la open en dicht schoof.

'Waarom deed je dat dan niet?' vroeg ze. Ze trok haar knieën op en sloeg haar armen eromheen. 'Waarom vertelde je het me niet voordat we gingen zoenen?'

Julian durfde haar niet aan te kijken. Met hangend hoofd pakte hij een haarspeldje van haar kaptafel en speelde daarmee. 'Omdat het zo fijn was om bij jou te zijn. Ik wilde het niet verpesten.'

Jenny's woede zakte snel. Julian... Maar waarom zou ze het hem vergeven? Ze ging toch weg. Ze zou op de volgende trein naar New York zitten.

'En later vertelde ik het je niet omdat... omdat ik je tegen Tinsley wilde beschermen.' Er stond een intens verdrietige blik in zijn ogen.

Een rilling liep langs haar rug, en ze ritste haar goedkope legergroene Stella McCartney jasje van H&M dicht.

'Ik weet zeker dat zíj brand heeft gesticht,' ging hij verder. 'Maar ik was bang dat wanneer ze erachter zou komen van ons, ze zou proberen jou de schuld in de schoenen te schuiven.'

'Waarom zou ze zoiets doen?' vroeg Jenny. Ze deed haar best haar stem in bedwang te houden. Die vraag was helemaal niet voor Julian bedoeld. Het was de vraag waar ze zelf het antwoord op wilde weten. Ze schopte tegen haar koffer.

'Omdat ik jou leuker vind dan haar. Veel en veel leuker.'

Jenny hoopte dat dit het enige was wat ze zich ooit nog van haar tijd op het Waverly zou herinneren, wanneer ze zich niet meer verbitterd voelde. Ik vind jou veel en veel leuker... Dat was een fijn afscheidscadeau. Ze wist dat Julian het netjes wilde afsluiten, misschien zelfs om vergiffenis vroeg, maar dat kon ze hem niet geven. Het probleem was dat ze niet eens zozeer kwaad was op hem, maar vooral op zichzelf omdat ze zo ongelooflijk stom was geweest. Keer op keer.

'Maak je maar geen zorgen.' Ze hing de LeSportsac over haar schouder, en pakte de paarse, suède tas met de boeken die ze wilde houden. De rest van haar boeken mocht Callie hebben, of het meisje dat deze kamer zou krijgen als ze weg was. 'In elk geval hadden we lol, toch?' Het klonk luchtig, helemaal niet als iets wat zij zou zeggen. Ze durfde hem niet nog eens aan te kijken, en richtte haar aandacht daarom maar op haar overvolle koffer. De Waverly-blazer die nog in de kast hing, zag er eenzaam en verloren uit.

'Kan ik je... kan ik je helpen?' vroeg Julian onhandig. Hij richtte zich in zijn volle lengte op.

'Nee.' Ze pakte de L.L.Bean-tas op en greep het handvat van de koffer. Toen ze de deur door liep, bleven haar tassen bijna haken. Ze draaide zich om, en zag Julian helemaal alleen in de kamer staan. Het liefst had ze haar spullen neergezet en hem omhelsd en gezoend. Maar dat kon ze niet.

Ze liep weg. Misschien was het allemaal niet voor niets geweest. Misschien had ze iets opgestoken van de nepvriendschappen en de neprelaties. Misschien zou ze op een volgende school wel cool kunnen zijn, het meisje dat ze altijd al had willen zijn.

Misschien...

Aan: chloe.marymount@gmail.com
Van: TinsleyCarmichael@waverly.edu
Datum: woensdag 16 oktober, 12:41
Onderwerp: RE: Re: Hoe gaat het?

Hoi meid,

Ik hoop dat je het leuk vond op het Waverly. Bedankt voor je hulp.
Je hebt het prima gedaan.

Tinsley

Aan: TinsleyCarmichael@waverly.edu
Van: chloe.marymount@gmail.com
Datum: woensdag 16 oktober, 12:50
Onderwerp: RE: RE: RE: Hoe gaat het?

Hoi Tinsley!

Dank je wel dat je me gisteravond hebt meegenomen naar zo'n gaaf feest. Maar de treinreis naar huis was vanochtend bepaald geen lolletje ;-) Ik ben heel blij dat het Sam is gelukt! Volgens mij vindt hij me leuk!

Ik kan niet wachten op volgend jaar, wanneer we samen hart-stikke leuke dingen gaan doen.

XOXO
Chloe

Owlnet instant message inbox

TinsleyCarmichael: Hoi Julian. Jammer dat je afscheid moet nemen van je pietepeuterige vriendinnetje. Ze had veel talent.

TinsleyCarmichael: Als je niet wilt antwoorden omdat je hart is gebroken, kan ik daar begrip voor opbrengen.

Owlnet instant message inbox

KaraWhalen: Ik heb gehoord wat er is gebeurd. Verschrikkelijk!

BrettMesserschmidt: Ja, arme Jenny. Maar waar was jij nou?

KaraWhalen: Helemaal van de wereld. Stom dat ik er niet bij was.

BrettMesserschmidt: Nou, misschien was dat ook maar beter. Je had zeker wel lol, gisteravond?

KaraWhalen: O... Sorry. Kunnen we het erover hebben?

BrettMesserschmidt: Wat valt er nog te zeggen?

KaraWhalen: O...

BrettMesserschmidt: Zo had ik het nou ook weer niet bedoeld.

KaraWhalen: O!

BrettMesserschmidt: Zijn we weer vriendjes?

KaraWhalen: Nou en of!

BrettMesserschmidt: Betekent dit dat ik Heath de komende tijd veel zal zien?

KaraWhalen: Dat zien we nog wel.

26

Een Waverly Owl beseft dat sms'jes niet voor iedereen zijn bestemd

Easy stond buiten Dumbarton tegen het harde steen van de stoep te schoppen. Toen hij opkeek, zag hij Callie over het pad naar hem toe lopen. De wijde rok van haar blauw-witte jurkje werd door de wind tegen haar knieën geblazen, en ze lachte alsof er niets was gebeurd.

'Alles kits?' vroeg ze. Ze wankelde een beetje op haar hoge hakken. Bezorgd hield ze haar hoofd schuin, alsof ze geen flauw benul had van wat er aan de hand kon zijn.

Easy keek haar alleen maar aan. Hij had altijd al geweten dat Callie uitstekend kon acteren. Ze verzon haar eigen waarheid en speelde haar rol. 'Ik ben bij Jenny geweest.'

Callie verstarde en omklemde de zilveren gesp aan de riem van haar zwarte tasje. 'Waarom?'

'Hoe bedoel je: "waarom"? Ik wilde afscheid nemen.'

'O...' Ze keek erg opgelucht.

'Ga jij niet even naar haar toe voordat ze weggaat?' vroeg hij. Hij hoorde zelf dat zijn stem net zo gebiedend klonk als die van zijn vader. Maar wat maakte dat uit? Hij was kwaad, en het had geen zin net te doen alsof dat niet zo was.

Schouderophalend keek Callie naar haar vingernagels, alsof ze zich afvroeg of ze die moest lakken.

'Jullie waren toch vriendinnen?' vroeg Easy, nog steeds geërgerd tegen de stoep schoppend. De zon kwam tussen de wolken tevoorschijn, en hij moest zijn ogen toeknijpen.

'Dat was vroeger,' snauwde Callie. Haar bruine ogen fonkelden van ingehouden woede. 'Voordat ze roddels over ons verspreidde.'

'En jij hebt nooit over haar geroddeld, hè?' Easy streek door zijn warrige krullen. Hij had niet zo fel willen klinken, maar dat was niet gelukt.

'Waar heb je het over?' Ze sloeg haar armen over elkaar.

'Hoe wist Tinsley van Jenny's tekening?' Easy was bang voor het antwoord. Als Tinsley en Callie Jenny hadden laten bespioneren, was dat een lage streek. Vooral in de tekenles, want dat was juist de plek die hij beschouwde als een rustpunt, vrij van roddels en achterbaks gedoe.

'Hoezo?' Callies stem trilde, en ze beet op haar met roze lipgloss ingesmeerde lip, alsof ze op het punt stond in huilen uit te barsten.

Allemaal toneel, dacht Easy.

'Ben je nog verliefd op haar?' vroeg ze.

'Hè?' Easy stopte zijn handen in de zakken van zijn cargobroek om te verbergen dat hij zijn vuisten had gebald. Op die vraag ging hij echt geen antwoord geven, niet na wat Callie en hij de afgelopen vijf dagen hadden gedaan. Ze zou beter moeten weten. 'Vertel eens, heb je iemand Jenny laten bespioneren?'

Callie wilde niets liever dan haar Oliver Peoples-zonnebril uit haar tas halen en haar gezicht erachter verbergen, want die kwade en doordringende blik van Easy was meer dan ze kon verdragen. Maar ze wilde geen verdachte dingen doen, vooral niet omdat hij toch al vermoedde dat ze schuldig was. 'Je hoeft niet zo tegen me te schreeuwen,' zei ze zacht, en ze liet geen spoortje van haar woede doorklinken in haar stem. Waarom kwam hij nu alweer voor Jenny op? 'Jenny heeft bekend dat ze brand heeft gesticht. Wat gebeurd is, is gebeurd.'

'Denk je echt dat zij het heeft gedaan?' vroeg Easy recht op de man af.

Callie keek naar de grond. 'Dat zei ze toch?'

'Hoe weet je dat het niet onze schuld is? Wíj hebben in de schuur staan roken...' Easy's stem klonk helemaal niet lief meer. 'Het is geen grap dat Jenny van school is getrapt. Snap je dan niet hoe erg dat is?'

Ook al keek hij haar met toegeknepen ogen aan, toch zag ze de woede in zijn blik. Ze wist best dat het heel erg was. Maar ze had geen andere keus gehad. Ze wilde niet dat Easy of zij van school zou worden gestuurd. Jenny was een makkelijke prooi geweest. En Tinsley had het allemaal verzonnen, niet Callie. Als ze zou hebben geweigerd om mee te doen, zou Tinsley in haar eentje hebben doorgezet, en dan zou de uitkomst precies hetzelfde zijn geweest. 'Tinsley had het bedacht,' flapte ze er plotseling uit.

Easy ging op de stoep zitten en leunde tegen de harde pilaar.

Tot haar opluchting haalde hij zijn handen uit zijn zakken. Ze had gezien dat hij zijn vuisten had gebald, en dat had haar beangstigd. Niet dat ze bang was dat hij haar een mep zou verkopen, maar ze had hem nog nooit zo kwaad gezien.

'En jij had er niks mee te maken?' vroeg hij spottend.

'Tinsley heeft het allemaal bedacht,' loog ze. Ze speelde met een van de parelmoeren knoopjes van haar vestje. 'Vanaf het begin heeft ze het op Jenny gemunt, al vanaf het moment dat ze haar aantrof in haar bed. Ze heeft dat kleine meisje, die Chloe, laten spioneren. Echt waar.' Ze keek in zijn blauwe ogen, en maakte een kruisje over haar hartstreek, net zoals ze vroeger op de basisschool had gedaan wanneer ze loog dat ze zwart zag. 'Ik wist er niets van, dat kwam pas toen het achter de rug was.'

Easy leek zich te ontspannen.

Callie maakte gauw van de gelegenheid gebruik en ging naast hem op het stoepje zitten. Ze nam zijn eeltige hand in de hare. Toen hij in haar hand kneep, kon ook zij eindelijk ontspannen. 'Is het weer goed tussen ons?' vroeg ze zacht terwijl ze tegen hem aan kroop.

'Ja,' fluisterde Easy, en hij sloeg zijn arm om haar heen.

Het was fijn om tegen hem aan te zitten, dat was waar ze hoorde. Toen hij een kus op haar haren drukte, verdwenen alle gespannen gevoelens en zakte ze opgelucht tegen hem aan.

Maar toen ze verschoof op de stenen trede, viel haar zilverkleurige Razr-telefoon uit haar Fendi-tas. Met een plof kwam hij op de onderste tree terecht, waar ze niet bij kon. Meteen kwam het ding tot leven en schoof trillend op het gras.

Voordat ze Easy kon tegenhouden, had hij het mobieltje al opgepakt. Hij stak het naar haar uit, maar zag toen ineens van wie ze een berichtje kreeg. 'Als je het over de duivel hebt...' mompelde hij. Hij drukte op een knopje, en werd ineens lijkbleek.

'Geef hier!' Met een misselijk gevoel stak ze haar hand uit naar haar mobieltje.

Met gefronst voorhoofd las Easy het berichtje voor. 'Gefeliciteerd, goed gedaan!' Zijn stem klonk kil en spottend. 'Het heeft gewerkt, die bitch is weg. Daar moeten we op drinken,' las hij van het schermpje.

'Het is niet wat je denkt.' Ze stond op, wiebelig op haar hoge hakken. 'Je weet hoe Tinsley is, ze zegt maar wat.'

Easy leek haar niet te hebben gehoord. 'Leuk, hoor.' Hij gaf haar het mobieltje en schudde zijn hoofd, alsof hij daar alle leugens uit wilde schudden.

'Easy!' De tranen prikten achter haar ogen. 'Je kunt niet zomaar bij me weg lopen!'

Maar blijkbaar kon hij dat wel.

Aan: RufusHumphrey@poetryonline.com
Van: JenniferHumphrey@waverly.edu
Datum: woensdag 16 oktober, 14:49
Onderwerp: RE: Miauw!

Lieve Marx de Kat,

Je wens komt uit. Vanavond ben ik weer thuis. Dan leg ik alles wel uit. Zeg maar tegen Vanessa dat ze gewoon in mijn kamer kan blijven, ik slaap voorlopig wel op de bank.

Liefs aan jullie allemaal, tot gauw!

Jenny

27

Een Waverly Owl houdt haar hoofd fier rechtop, ook als ze geen Waverly Owl meer is

Jenny hing haar weekendtas over haar schouder en liep naar de wachtende gele taxi. Een klein eindje met de taxi, dan een paar uur in de trein en ze zou weer thuis zijn, in het rommelige maar gezellige appartement aan de Upper West Side, met haar oude kamer, haar maffe vader die de raarste gerechten kookte, en haar geliefde kat.

Toen ze achter zich voetstappen hoorde, sprong haar hart op. Ze hoopte dat het Julian was, of misschien Easy… Maar toen ze zich omdraaide, zag ze rector Marymount. Zijn Waverly-das fladderde over zijn schouder terwijl hij op haar af rende. Meteen kreeg ze het ijskoud vanbinnen. Wilde Marymount haar nóg een straf opleggen voordat ze in de taxi stapte en voor eeuwig verdween? Wilde hij haar eerst nog in de boeien slaan of zo?

Voor de laatste keer keek ze naar het schoolterrein. Ze was echt dol op het Waverly, met de statige gebouwen van rode baksteen, de leerlingen met hun gezonde, blozende wangen, de oude tradities. Ze vond het fijn om op kostschool te zijn, om hockey te spelen en naar feesten in het bos te gaan. Ze vond het heerlijk om met jongens te zoenen, en om rond te hangen met haar vriendinnen. Ze zou het allemaal heel erg missen.

'Wacht!' riep Marymount. Hij zag er geërgerd uit. Hij vertraagde zijn pas en bleef toen staan met zijn handen op zijn knieën. Zijn grijzende haar zat in sliertjes over de kale plek gekleefd.

Moest ze gewoon zeggen dat hij maar beter een toupetje kon kopen, en zich dan uit de voeten maken?

'Mevrouw Miller heeft net gebeld,' bracht hij hijgend uit. Hij ging rechtop staan en trok zijn das goed.

Jenny fronste haar wenkbrauwen. Waar ging dit over? Wilde de bejaarde vrouw de brandstichter persoonlijk de les lezen? Zou Jenny alle troep moeten opruimen, elk verkoold stuk hout apart? Zou ze naar de gevangenis worden gestuurd? Of was ze daar te jong voor?

'Ze zei dat het... een ongeluk was,' ging Marymount verder. Hij trok zijn trui naar beneden. 'Ze zegt dat een van haar koeien de oorzaak was.' Met zijn kille blauwe ogen keek hij haar doordringend aan, alsof hij wilde toeslaan zodra ze emotie vertoonde.

Maar Jenny was te ontdaan om ook maar een spier te vertrekken.

'Zelf begrijp ik niet hoe een koe brand kan veroorzaken,' ging hij verder. 'Hoe dan ook, ze houdt vol dat een koe het heeft gedaan. Wat vind jij daarvan?' Hij zette zijn handen in zijn zij terwijl hij op haar antwoord wachtte.

Jenny vond het allemaal maar moeilijk te bevatten. Ze zette haar tas neer op het grind van de oprijlaan en wreef over haar pijnlijke schouder. Verwachtte hij echt antwoord van haar? Brandstichtende koeien? Waar had hij het over? Maar wacht eens, betekende dit dat ze niet van school zou worden gestuurd?

'In elk geval, ze wilde niet dat een van de leerlingen de schuld zou krijgen,' zei Marymount. Hij klonk alsof hij het niet vertrouwde. 'Zelf denk ik dat ze een maf ouwetje is dat veel te lang op zichzelf heeft gewoond, maar...' Hij krabde op zijn hoofd, en daardoor verschoven de slierten, zodat er een glanzend stuk kale hoofdhuid zichtbaar werd.

De taxichauffeur toeterde ongeduldig, en Marymount wierp een blik op het voertuig.

'Als een leerling van het Waverly brand had gesticht, zou die van school verwijderd moeten worden,' zei Marymount met zijn blik strak op Jenny gericht. 'Dat kan niet anders. Dat zul je toch met me eens zijn.'

'Maar het was een koe,' reageerde Jenny. Ze kreeg de indruk dat Marymount mevrouw Miller dan wel niet geloofde, maar dat hij er ook niet van overtuigd was dat Jenny de schuldige was.

Marymount knikte, en wreef toen over zijn bezwete voorhoofd, waardoor zijn trouwring ging fonkelen in de zon. 'Ja...' Hij keek geërgerd. 'Dus moet ik je eh... bekentenis maar vergeten.'

Jenny keek naar het schoolterrein, naar de groene gazons en de prachtige bomen, naar de bergen rode en gele bladeren. Achter haar liet de taxichauffeur de motor gieren. Pas na een poosje drong het tot haar door dat Marymount het echt meende, dat het geen wrede grap was. Haar hart ging sneller slaan.

'Ga maar naar de les.' Marymount keek haar streng aan en tikte op zijn zilveren horloge.

Jenny keek met opeengeknepen lippen terug. Ze kon niet wachten op de verbaasde gezichten als iedereen haar weer in Dumbarton zou zien, in haar oude kamer. Weer in de klas. Vanavond al zou ze weer eten in de kantine. Haar lievelingseten stond op het menu: een pizza die je zelf mocht beleggen. En morgen zou Jenny weer over het gazon schrijden, en honderden Owls zouden over haar fluisteren.

Ze was weer helemaal terug.

Owlnet instant message inbox

HeathFerro: Lang leve mevrouw Miller! Ze moeten dat mens een fust bier geven!

JulianMcCafferty: Waar heb je het over, Ferro?

HeathFerro: Heb je het niet gehoord? Ze zei dat haar KOEIEN de brand hadden veroorzaakt.

JulianMcCafferty: Dus wordt er niemand van school getrapt.

HeathFerro: Dus Jenny blijft hier?
Was je soms al van plan het goed te maken met Tinsley?

Owlnet instant message inbox

SageFrancis: Jemig, Celine was daarnet in de bank, en de oude mevrouw Miller kwam een ENORM bedrag op haar rekening storten. Ze zei tegen de kassier dat ze een gastenhuis wil laten neerzetten op de plek waar de schuur heeft gestaan.

BrandonBuchanan: Dan is ze zeker heel erg goed verzekerd.

SageFrancis: De verzekering betaalt nooit zo snel uit.

BrandonBuchanan: Denk je dat iemand haar heeft omgekocht om Jenny vrij te pleiten?

SageFrancis: Dat is nou precies wat ik denk, Sherlock. Wie denk jij dat erachter zit? Ik denk een heel rijke man...

BrandonBuchanan: Ik zou hem graag bedanken. Jenny is veel te lief om van school te worden gestuurd.

SageFrancis: Hé, kijk een beetje uit! Je maakt me jaloers!

BrandonBuchanan: Mooi zo!

TinsleyCarmichael:	KOEIEN?
CallieVernon:	Ja. Maar ik heb wel iets anders aan mijn hoofd.
TinsleyCarmichael:	Hoezo?
CallieVernon:	Easy is erachter gekomen. Wat we hebben gedaan. En nu is het uit, geloof ik.
TinsleyCarmichael:	Shit. Dat spijt me voor je.
CallieVernon:	Dat is wel het minste.
TinsleyCarmichael:	Wat wil je daarmee zeggen?
Callie Vernon:	Dat ik nu geen zin heb om met jou te praten.

BrettMesserschmidt: Echt waar? Ben je weer terug?

JennyHumphrey: Ik geloof van wel. Het is zo raar… Een uurtje geleden was ik nog van school getrapt, en nu ben ik er weer.

BrettMesserschmidt: Nou, ik vind het hartstikke tof! En een heleboel anderen ook!

JennyHumphrey: Ik kan er ook wel een paar bedenken die het niet hartstikke tof vinden…

BrettMesserschmidt: Die kunnen de pot op. Zeg, heb je het gehoord van mevrouw Miller? Iemand heeft haar omgekocht om te beweren dat een koe het had gedaan.

JennyHumphrey: Hè? Omgekocht?

BrettMesserschmidt: Iemand die HEEL GRAAG wilde dat je zou blijven. Iemand die daar een HELE SMAK GELD voor overhad.

JennyHumphrey: Wat mal.

BrettMesserschmidt: Welkom terug, mop. Nu moeten we uit-zoeken wie jouw geheime aanbidder is… Maar maak je geen zorgen, rechercheur M. zit op de zaak.

JennyHumphrey: O, ik heb altijd al een geheime aanbidder willen hebben!